영화가
말해준 것들

정태성 수필집 (16)

도서출판 코스모스

영화가 말해준 것들

정태성 수필집 (16)

도서출판 코스모스

머리말

  주말이면 가끔씩 영화를 봅니다. 그저 재미로 보기도 하고, 쉬는 마음으로 보기도 하고, 다른 사람들이 추천해서 보게 되기도 합니다.

  영화에는 삶의 다양함이 있는 것 같습니다. 그동안 영화를 보면서 느꼈던 것을 편안한 마음으로 써보았습니다. 이제까지 본 영화가 많기는 하지만, 그중에 기억에 남고 마음에 다가왔던 것 50편을 골라보았습니다.

  영화를 보는 시간에 다른 생각을 하지 않아서 좋은 것 같습니다. 그만큼 삶에 찌들러 살아가고 있다는 증거겠지요. 다른 무엇보다 영화가 저에게 쉬어갈 수 있는 시간을 주는 것에 감사한 마음입니다. 거기에 덧붙여 감동도 주고 삶에 대한 간접적인 경험을 할 수 있게 해주니 앞으로도 영화는 계속 보게 될 것 같습니다.

  비록 보잘것 없는 글이나마 읽는 분들에게 조그만 공감이라도 느낄 수 있으면 좋을 것 같습니다.

2022. 11.

저자

차례

차례

1. 지옥의 묵시록

  지옥의 묵시록은 조지프 콘래드의 〈어둠의 심연〉이라는 소설을 프란시스 코폴라가 각색 및 감독한 영화이다. 베트남 전을 다룬 가장 대표적인 영화라 평가된다. 1979년 칸 영화제에서 황금종려상을 받았다.

  소설 〈어둠의 심연〉의 배경은 아프리카 콩고이다. 야만의 심장부라는 이곳에서 커츠는 아프리카에 오기 전 몇 개 국어를 구사하며 예술에도 능한 유럽의 지식인이었다. 그가 콩고에서 하는 일은 내륙 교역소의 소장이었는데 그는 가장 많은 상아를 교역하여 그 지방에서 전설 같은 인물로 여겨졌으며 원주민은 그를 신처럼 섬겼다. 하지만 그것은 커츠가 콩고의 원주민을 무자비하게 수탈하여 얻은 대가였다. 그는 자신의 기분에 들지 않으면 원주민을 홧김에 죽여 버리는 등 폭압과 공포로 그들을 대했기에 원주민들은 그를 절대시 하였던 것이다. 그는 갈수록 백인우월주의에서 비롯된 원주민들을 향한 잔학과 야만이 뒤섞여 가며 괴물로 변해간다. 선과 악이 없는 그가 세운 왕국에서 그는 더 이상 나올 수도 없게 된다.

  영화의 간단한 줄거리는 다음과 같다. 미 육군 사령부에서는 공수

부대 윌러드 대위에게 새로운 임무를 내린다. 그것은 자신의 부대를 탈영하여 캄보디아 접경에서 자신의 왕국을 세워 미군의 사기를 떨어뜨리고 있는 커츠 대령을 암살하라는 것이었다. 윌러드는 해군 경비정 한 대를 타고 넝강을 거슬러 캄보디아 국경까지 접근해 커츠 대령에게 잠입하게 된다. 이 과정에서 갖가지 전쟁의 광기를 목격하게 된다.

월터 커츠 대령(말론 브란도)은 미국 육군사관학교와 하버드 대학 출신의 육군 특전단 소속 대령이다. 베트남 전쟁에 오기 전 한국전쟁에 참전하였고 장래 미국의 합참의장이나 육군 참모총장으로 꼽히던 엘리트 군인이었다. 하지만 베트남 전쟁에 참전한 후 시간이 지날수록 전쟁의 광기와 잔혹함에 점점 미쳐간다. 특수 부대 전출을 자청하여 그린베레로 전출되지만, 캄보디아 접경에서 탈영한다. 이후 원주민들을 모아 자신의 왕국을 건설하고 온갖 잔혹 행위를 하게 된다. 이것이 미군의 사기를 떨어뜨린다고 판단한 미군 사령부는 그를 제거할 계획을 세운다.

벤자민 윌러드 대위(마틴 쉰)는 미 육군 제173공수여단 대위이다. 베트남으로 파병된 후 생사를 넘나드는 체험을 여러 번 했고, 이로 인해 정신적으로 피폐되어 있었다. 하지만 군 임무에 대한 책임감은 확실한 사람이었다. 주로 테러나 암살 같은 비밀 업무를 맡아 왔으며 홀로 행동하는 것을 선호하는 사람이었다.

빌 킬고어 중령(로버트 듀발)은 제9 항공 기병 연대 대대장으로 전형적인 전쟁광이다. 부하들에게 신뢰도 있고, 지휘 능력도 있지만, 전쟁을 게임 정도로 즐기는 그런 인물이다. 전쟁을 수행하면서도 서핑을 하는 사람이다.

"이 전쟁에선 모든 가치가 무너지고 있다. 권력, 이상, 도덕적 가치, 군대의 필요성조차도. 그러다 원주민들과 있으면 유혹을 받게 되지. 신이 되려고. 그러면서 갈등을 겪네. 합리와 불합리 사이에서. 선과 악 사이에서. 항상 선이 이기는 건 아냐. 때로는 링컨이 말한 인간 본성의 천사를 악이 이기지. 모든 인간에겐 한계가 있어."

이 영화에서 사용된 음악에는 킬고어 중령이 이끄는 헬리콥터 부대가 베트남 시골 마을을 쑥대밭으로 만들면서 민간인까지 학살하는 장면에 나오는 리하르트 바그너의 〈발키리의 기행〉이 있다. 사실 히틀러는 바그너의 음악을 굉장히 찬양하였는데, 평화로운 조그만 마을을 폭격하는 미군은 나치나 다를 게 없다는 것을 암시한다. 사실 이 마을을 공격한 이유는 서핑을 좋아하던 킬고어 중령이 이 마을의 앞바다가 서핑하기 좋은 파도가 있어 자신의 손안에 이 마을을 넣고 서핑을 즐기기 위해서였다.

킬고어 중령은 다음과 같이 말한다. "난 아침의 네이팜 냄새가 좋아. 한번은 우리가 12시간 동안 계속 어떤 능선을 폭격했거든. 폭격이 끝나고 나서 거기 올라가 봤지. 가보니 아무것도, 썩는 시체 하나조차 없더군. 온 능선에서의 그 냄새, 휘발유 냄새 말이야, 그 냄새는 승리의 냄새지. 이 전쟁도 곧 끝날 거야."

그는 이미 인간의 생명 따위에는 안중에 없었다. 그냥 지긋지긋

한 전쟁이 끝나기만을 바랄 뿐이었다. 네이팜 탄으로 숲속에 몇 명의 사람이 있는지조차 파악하지 않은 채 전혀 거리낌 없이 그냥 모두 지옥 불 속으로 보낼 뿐이었다.

윌러드 대위는 넝강을 거슬러 올라가 커츠 대령을 만나게 된다. 그곳에서는 부하뿐만 아니라 캄보디아 원주민들까지 커츠를 신으로 숭배하고 있었다. 그의 왕국에는 수많은 시체가 널브러져 있어도 치우지조차 않았다. 삶과 죽음, 지옥과 현실이 그냥 뒤섞여 있을 뿐이었다. 그는 왜 이런 왕국을 건설했던 것일까? 무엇을 위해 그는 살아가고 있는 것일까? 가장 강대한 국가의 최고 엘리트 코스를 밟았고 미래가 보장된 상태에서 왜 그는 이러한 길을 걸어간 것일까?

"커츠 : 언젠간 자네 같은 사람이 올 거라 예상했네. 자네는 뭘 예상했나? 자네는 암살자인가?

윌러드 : 전 군인입니다.

커츠 : 자넨 둘 다 아니야. 자네는 청과점에서 외상 받으러 보낸 심부름꾼에 지나지 않아."

커츠 대령은 자신의 죽음을 예감했다. 그는 아마 자신의 왕국을 건설하던 처음부터 언젠가 자신의 삶도 그리 머지않은 시간에 다가올 것이라 짐작했을 것이다.

윌러드는 커츠 대령을 만나 "그는 세상을 버렸고 결국 자기 자신까지도 버렸다. 그토록 갈가리 찢어진 영혼을 본 적이 없었다." 라고 독백을 한다.

윌러드는 커츠 대령이 삶의 끝까지 가본 사람이었다는 것을 느끼게 된다. 커츠 대령에게는 삶과 죽음이 그리 의미가 없었다. 그에게는 선도 악도 아무런 상관이 없었다.

커츠 대령은 윌러드 대위에게 "공포는 얼굴이 있어. 친구가 되지 않으면 무서운 적이 돼. 아주 까마득한 옛날 같아. 우린 예방접종을 하러 갔지. 아이들에게 말이야. 소아마비 접종을 끝내고, 그 수용소를 나오려는데 한 노인이 달려왔어. 울면서 말은 못 하고. 다시 가 봤더니, 아이들이 접종해준 팔을 잘라냈더군. 통속에 팔들이 수북했어. 그것도 아주 작은 팔들이."

자신이 옳다고 생각했던 가치관은 어떤 존재들에게는 오히려 죽음의 길이 낫다고 생각될 수도 있다는 것을 커츠 대령은 경험으로 알게 된다. 전쟁을 하는 이유가 그에게는 이미 사라져 버렸고, 선과 악의 기준도 판단할 수가 없었다. 무엇을 위하여 살아가야 하는지 현존의 의미도 그에게는 찾을 수가 없었다. 오직 모든 것이 뒤섞여 있는, 생과 사뿐만 아니라 선과 악도 분별이 되지 않는 그러한 세계에서 그는 벗어날 수가 없었다. 그가 할 수 있는 것은 오로지 현실이라는 지옥에서 중얼거리는 것 밖에 없었다. 그리고 그는 결국 자신이 만든 지옥에서 생을 마감한다.

2. 아바타

영화 아바타에서 주인공 제이크 설리와 네이티리는 서로를 있는 그대로 보며 상대의 존재를 그대로 받아들인다. 두 사람의 사랑의 힘은 바로 여기서 나오게 되고 이로 인해 판도라 행성은 외부 세력의 침략을 이겨낼 수 있는 바탕이 마련된다. 이 영화의 OST가 바로 이를 노래하는 "I see you"이다.

"나는 너를 본다"라는 것은 단순한 것 같아도 깊은 철학적 의미가 있다. 존재로서의 상대방을 있는 그대로 본다는 뜻인데 이는 결코 쉬운 일이 아니다. 우리가 사람이나 사물 그 어떠한 존재나 현상을 볼 때는 나의 관점과 생각 또는 편견과 선입견, 그리고 그동안 내가 살아오면서 의식적, 무의식적으로 형성된 인식 체계를 통해 그 존재를 받아들이고 판단하는 것이 거의 대부분이다.

그 어떤 존재를 있는 그대로 보고 받아들인다는 것 자체는 진정으로 어려운 일이다. 일단 나의 생각과 판단이 잘못될 수 있다는 열린 마음이 전제가 되어야만 그것은 가능하다. 하지만 우리는 일상에서 그러한 인식을 하기보다는 나의 생각과 관념이 일단 그 존재를 알기 전에 형성되는 것이 우선일 경우가 대부분이다. 이로 인해 우리는 그 존재의 진실되고 진정한 모습을 보지 못하는 경우가 대부분이다. 이것이 바로 존재 간의 상호작용에 있어 가장 큰 문제가 된다. 왜냐하면 그 존재의 참된 모습을 알지 못하는 가운데 나의 생각과 판단이 벌써 내려져 있기 때문이다. 이는 어떤 존재 간의 상호작용에 있어서 진실된 관계를 형성하는 것을 실패하게 만든다. 여기서 서로의 오해와 문제가 생기고 신뢰를 잃게 되며 결국은 그 존재의 가치마저 묵살해 버리는 잘못을 범하게 된다.

있는 그대로의 내가 있는 그대로의 상대를 바로 볼 수 있을 때 진정한 의미의 관계가 형성될 수 있다. 이로 인해 나는 상대의 존재를 존중할 수 있게 되고 상대 또한 나를 존중하게 되어 진정한 존재의 의미와 가치가 가능하게 된다. 제이크 설리와 네이티리는 비록 다른 행성에서 태어나 다른 환경에서 자랐고 같은 인종도 아니었지만, 상대를 존재 그 자체로 받아들일 수 있었기에 불가능을 가능으로 만들 수 있는 사랑을 완성할 수 있었던 것이다.

I see you
Walking through a dream
I see you
My light in darkness breathing hope of new life
Now I live through you and you through me
Enchanting
I pray in my heart that this dream never ends

I see me through your eyes

Living through life flying high
Your life shines the way into paradise
So I offer my life as a sacrifice
I live through your love
You teach me how to see

All that's beautiful
My senses touch your word I never pictured
Now I give my hope to you
I surrender
I pray in my heart that this world never ends
I see me through your eyes
Living through life flying high

Your love shines the way into paradise
So I offer my life
I offer my love, for you
When my heart was never open
(and my spirit never free)
To the world that you have shown me

But my eyes could not division

All the colours of love and of life ever more

Evermore

(I see me through your eyes)

I see me through your eyes

(Living through life flying high)

Flying high

Your love shines the way into paradise

So I offer my life as a sacrifice

And live through your love

And live through your life

I see you

꿈속을 걸어 그대를 보아요

어둠 속에 있는 나의 빛 새로운 생의 희망을 숨 쉬고

이제 난 그대를 통해

그리고 그대는 나를 통해 함께 살아가죠

전 아름다운 이 꿈이 영원히 끝나지 않기를 기도해요

난 그대의 눈을 통해 나를 보고
높이 날아오르는 생을 살아요
그대의 삶이 천국으로 향하는 길을 비추니
전 제 삶을 바치겠어요
그대의 사랑으로 살아요

그대는 내게 바라보는 방법을 가르쳐주었죠
그 모든 건 아름다움이었어요
나의 감각이 그대의 언어를 어루만지는 것을
지금까지 난 그려본 적이 없어요
이제 그대에게 나의 희망을 드릴게요, 고백할게요
이 세상이 영원하기를 마음속으로 기도해요

난 그대의 눈을 통해 나를 보고
높이 날아오르는 생을 살아요
그대의 삶이 천국으로 향하는 길을 비추니
전 제 삶을 바치겠어요
그대를 위해 제 사랑을 바치겠어요

나의 마음이 닫혀있을 때
(나의 영혼이 자유롭지 못할 때)
그대는 내게 세상을 보여주었지만

내 두 눈은 더욱 모든 사랑의 색과
삶의 색을 분별할 수 없었어요, 언제나

그대의 눈을 통해 나를 보아요
그대의 눈을 통해 나를 보아요
높이 날아 그대의 사랑이 천국으로 향하는 길을 비추니
전 제 삶을 바치겠어요
그대의 사랑으로 살아요
그대의 삶으로 살아요
그대를 보아요

3. 카사블랑카

잉그리드 버그만 같이 지성미 있는 여자 배우가 앞으로 또 나올 수 있을까? 아마도 불가능할 것만 같다. 영화 카사블랑카에서 잉그리드 버그만, 그녀는 사랑하는 사람과 헤어지며 비행기에 오르게 된다. 현실에서의 잉그리드 버그만은 영화보다도 더 커다란 아픔이 있었던 것 같다. 그녀는 세 번 결혼했고, 세 번 이혼했다.

카사블랑카란 프랑스어로 하얀 집이란 뜻이다. 세계 2차 대전이 한창인 1941년 유럽에서 전쟁을 피해 미국으로 가려는 사람들은 서아프리카 모로코의 카사블랑카로 몰려든다. 이곳에서 커다란 카페를 운영하는 릭(험프리 보가트), 그는 삶과 사랑을 위해 열정적으로 살았던 젊은이였다. 하지만 세상과 사랑으로부터 배신을 경험한 그는 조용히 이곳 카사블랑카에서 삶에 대한 열정 없이 냉소적으로 살아가고 있다. 릭이 하는 "난 남을 위해서 목숨을 걸지 않는다" 대사에서 그가 더 이상 삶을 불태울 만한 어떠한 이유나 동기가 없음을 읽을 수 있다.

릭과 헤어지고 체코슬로바키아의 저항군 지도자와 결혼한 일자(잉그리드 버그만), 그녀는 남편과 함께 나치를 피해 카사블랑카로 오게 된다. 운명처럼 카페에서 만난 릭과 일자, 그들은 파리에서 꿈같은 사랑을 했던 사이였다. 일자를 보고 너무나 놀란 릭, 그의 가슴에는 다시 삶에 대한 열정이 서서히 타오르게 된다.

하지만 일자의 남편인 라즐로는 나치에 저항했던 경력이 있어 미국으로 도피를 해야만 하는 상황이었다. 릭은 일자를 다시 떠나보내고 싶지 않았지만, 헤어질 수밖에 없는 운명이라는 것을 깨닫고 결국 경찰서장에게 부탁하여 불법으로 그들을 위한 여권과 비자를 마련해 준다.

이별의 시간은 그렇게 다가오고 릭은 일자를 위해 헤어질 준비를 한다. 일자는 릭과 이루지 못한 사랑과 추억에 마음이 착잡하지만, 남편과 함께 비행기의 트랩에 오른다. 그렇게 그들은 운명처럼 다시 만났지만, 또다시 헤어져야만 했다. 릭은 일자의 눈물과 마음으로 인해 오래전에 잊었던 삶에 대한 열정을 다시금 찾았고 이루어지지 못한 사랑이지만 아름다운 추억으로 간직하게 된다. 릭은 일자와 술을 마시며 말한다.

"당신 눈동자에 건배"

릭에게 있어 그녀의 눈동자는 비록 헤어지더라도 영원히 그의 마음에 남아 있을 것이다.

⟨Casablanca(카사블랑카)⟩

I fell in love with you
watching Casablanca

Back row of the drive in show
in the flickering light

Popcorn and cokes beneath the stars
became champagne and caviar
making love on a long
hot summers night

I thought you fell in love with me
watching Casablanca
Holding hands beneath the paddle fans
in Rick's Candle-lit cafe

Hiding in the shadows from the spies
Moroccan moonlight in your eyes
making magic at the movies
in my old chevrolet

Oh a kiss is still a kiss in Casablanca
But a kiss is not a kiss without your sigh
Please come back to me in Casablanca
I love you more and more each day

as time goes by

I guess there're many
broken hearts in Casablanca
You know I've never really been there
So, I don't know

I guess our love story will never
be seen on the big wide silver screen
But it hurt just as bad
When I had to watch you go

Oh a kiss is still a kiss in Casablanca
But a kiss is not a kiss without your sigh
Please come back to me in Casablanca
I love you more and more each day
as time goes by

불빛이 반짝거리는
야외극장의 뒷줄에서
카사블랑카를 보면서
당신과 사랑에 빠졌어요

팝콘과 콜라는 별빛 아래서
샴페인과 캐비어처럼 보였고
우린 뜨거운 긴 여름밤
사랑을 나누었죠

카사블랑카를 보면서
당신과 사랑에 빠졌다고 생각했어요
촛불 켜진 릭의 카페에서
돌아가는 선풍기 아래 손을 잡았었죠

으슥한 곳에서 사람들의 눈을 피해가며
모로코의 달빛이 감도는 당신의 눈
영화를 보러 갔다가 낡은 내 세보레에서
마술 같은 경험을 했어요

카사블랑카에의 키스는 잊을 수가 없지만
당신의 숨결 없는 키스는 키스가 아니죠
제발 카사블랑카로 다시 돌아와요
시간이 지날수록 날이면 날마다
나는 당신을 더욱 사랑해요

카사블랑카에는 사랑의 상처를
입은 연인들이 많이 있을 거에요
하지만 난 그런 적이 없었어요
그래서 난 잘 모르겠어요

우리의 사랑 이야기가
널따란 은막에서 보여지지는 않겠죠
하지만 당신이 떠나가는 걸 보면
그렇게 마음이 아플 수가 없군요

카사블랑카에의 키스는 잊을 수가 없지만
당신의 숨결 없는 키스는 키스가 아니죠
제발 카사블랑카로 다시 돌아와요
시간이 지날수록 날이면 날마다
나는 당신을 더욱 사랑해요

4. 사랑은 아픔만 남기고 (잉글리시 페이션트)

〈잉글리시 페이션트 (English patient)〉는 마이클 온다치의 동명 소설을 영화화한 작품이다. 이 소설은 황금 맨부커상을 수상하였는데, 황금 맨부커상은 지난 50년의 맨부커상 수상작 중에서 독자들에 의해 최고의 소설로 뽑힌 작품에 주어지는 상이다.

이 영화에는 여러 가지 사랑이 나온다. 하지만 그 모든 사랑은 완벽하지 않았고 모두 불행으로 끝난다. 영화에서 나오는 사랑은 마치 영화의 배경에 나오는 사막이나 바람에 날리는 모래와 같았다.

이 영화는 배경은 제2차 대전 당시 아프리카 사막 한복판이다. 영화에서 지리학자로 나오는 알마시(랄프 파인즈)는 캐서린(크리스틴 스콧 토마스)에게 운명적인 사랑을 느낀다. 캐서린 또한 알마시를 열정적으로 사랑하지만, 그녀에게는 이미 결혼한 남편 제프리(콜린 퍼스)가 있었다. 캐서린과 제프린은 어릴 적부터 같은 동네에서 자란 친구 같은 부부였다. 그들은 사이좋고 아무런 문제가 없었던 부부였지만, 캐서린은 알마시 대한 감정으로 운명적인 사랑의 길을 걷는다. 하지만 알마시와 캐서린은 서로 열정적인 사랑을 할 수는 있지만, 더 이상의 관계로 진전될 수가 없었다. 캐서린에게 제프리는 너무나 자상하고 좋은 남편이었고, 어릴 적부터 같이 지내온 제프리를 캐서린을 버릴 수가 없었다.

캐서린을 온전하게 소유할 수 없음을 깨달은 알마시는 스스로 캐서린과 결별하지만, 그러한 과정에서 제프리는 캐서린과 알마시의 관계를 알게 된다. 제프리는 알마시와 캐서린에 대한 분노로 그들에게 아픔을 주려고 하지만, 아프리카 사막에서 불의의 사고로 제프리는 죽게 되고, 캐서린은 중상을 입게 된다. 캐서린과 제프리의 친구와 같았던 사랑은 그렇게 끝이 난다.

알마시는 중상을 입은 캐서린을 구하기 위해 그녀를 사막의동굴에 홀로 남겨둔 채, 며칠에 걸쳐 사막을 건너 영국군에게 도움을 요청하지만, 영국군은 알마시를 독일 스파이로 오인하여 체포하고 이송하게 된다. 알마시는 이송 도중 탈출을 하여 캐서린에게 돌아가지만, 시간이 이미 너무 지나버리고 말았고, 캐서린은 홀로 알마시를 기다리다 세상을 떠난 뒤였다. 결국 불같은 캐서린과 알마시의 사랑도 그렇게 비극으로 종말을 고하게 된다. 죽은 캐서린의 시체를 가지고 돌아오던 중 알마시 또한 커다란 사고로 커다란 화상을 입게 되고 알마시는 사막 한복판에서 영국군 환자(English patient)로 분류되어 병원으로 이송된다.

알마시와 캐서린은 그들의 사랑이 윤리적이지 못하고 이루어지기 힘든 것을 몰랐던 것일까? 아니면 사랑의 힘이 너무나 크기에 그들은 알면서도 이를 거부하지 못했던 것일까? 캐서린과 제프리, 그리고 알마시에게는 왜 이런 불행한 비극이 일어나게 되었던 걸까?

중화상으로 얼굴의 형체마저 알아보기 힘든 알마시를 맡게 된 간호병 한나(줄리엣 비노쉬), 그녀는 움직이지도 못하는 알마시를 지극정성으로 보살피게 된다. 시간이 지나면서 한나는 자신의 환자인 알마시에 대해 애정을 느끼게 된다. 일종의 보호자로서의 느끼는 사랑이었다. 전쟁의 한 복판에서 한나는 알마시의 간호를 위해 일행과 헤어져 수도원에서 알마시를 간호하기로 결정한다. 둘이 수도원에서 지내던 도중, 폭탄 제거반이 수도원에 머물게 되고 대원 중에는 폭탄 제거 전문가 인도 출신의 킵(나빈 앤드류스)도 있었다. 수도원에서 같이 생활하면서 한나와 킵은 서로에게서 순수한 사랑을 느끼게 되고, 시간이 지나며 둘은 연인의 관계로 발전한다.

그러던 중 알마시의 죽음은 서서히 다가오게 되고, 이를 스스로 느끼게 된 알마시는 한나에게 고통으로 벗어나 편안한 죽음에 이를 수 있도록 부탁을 한다. 알마시를 보살피며 그에게 애정을 느낀 한나, 죽음이라는 운명을 어찌할 수 없기에 한나는 눈물을 흘리며 과다한 모르핀을 주사하여 알마시에게 편안한 죽음을 맞이하게 해준다.

한나와 킵의 순수했던 사랑도 이루어질 수 없었다. 킵의 절친했던 친구가 폭발 사고로 죽자, 킵은 절망에 이르고 군에서는 킵의 전출 명령이 떨어진다. 명령에 복종할 수밖에 없는 킵, 그를 떠나보내야만 하는 한나는 사랑의 아픔만 남긴 채 헤어질 수밖에 없었다.

캐서린과 제프리의 친구 같은 사랑은 열정적인 사랑에 의해 끝이 나게 되었고, 캐서린과 알마시의 뜨거운 사랑도 온전히 이루어지지 못했다. 한나의 알마시에 대한 보호자 같은 애정은 끝내 한나 스스로 알마시의 죽음으로 마무리되었고, 한나와 킵의 순수했던 사랑은 전쟁의 소용돌이에서 오래가지 못했다.

사랑은 기쁨도 있을지 모르지만, 그만큼 슬픔도 있을 수밖에 없는 운명인지 모른다.

5. 천사와 악마

 우주가 처음 시작할 때 대폭발로 인한 엄청난 에너지가 우주 공간으로 퍼져나가기 시작했다. 우주 탄생 후 시간이 조금 지나자 그 에너지는 물질과 반물질로 만들어지게 된다. 아인슈타인의 에너지 질량 등가 원리가 이를 충분히 설명해 준다. 즉, 에너지는 질량을 가진 물질로 전환될 수 있고, 물질 또한 에너지로 변할 수가 있다.

 대폭발 당시의 에너지는 상상을 초월할 정도로 엄청났다. 따라서 우주 초기 조건에서 만들어지는 물질과 반물질이 가지고 있는 에너지는 어마어마하게 크다. 물질은 강력에 의해 안정된 상태로 유지될 수 있지만, 반물질은 불안정하여 언제 다시 에너지로 전환될지 알 수가 없다.

 유럽 입자가속기연구소에서는 우주 초기 상태를 실험적으로 만들고 여기서 나오는 반물질과 물질에 대한 실험을 할 수 있는 지구상에 몇 안 되는 곳이다.

 영화 '천사와 악마'에서는 유럽 입자가속기연구소에서 우주 초기 상태를 구현한 후 만들어진 반물질을 가지고 폭파 장치를 만들어 로마 교황청을 상대로 이용하려는 내용의 영화이다. 원작은 다빈치 코드로 유명한 댄 브라운의 동명 소설이다.

영화에서 유럽 입자가속기연구소에서는 우주 초기의 상태에서 반물질을 만들어내는 것을 성공시킨다. 하지만 그 반물질은 이를 악용하려는 자에 손에 의해 도난당한다.

당시 로마 교황이 선종하게 되어 바티칸에서는 콘클라베를 열어 새로운 교황을 뽑을 준비를 한다. 사망한 교황의 궁무처장인 카를로 벤트레스카(이완 맥그리거)는 교황의 가장 신임 있는 사람으로서 주위의 선망과 존경을 받는 사람이었다.

콘클라베가 열리기 전 새로운 교황의 유력한 후보였던 네 명의 추기경이 동시에 행방불명되는 사건이 일어난다. 바티칸에서는 이 사건은 '일루미나티'라는 집단이 관련된 것으로 알게 되었고, 이를 해결할 수 있는 사람은 하버드대학의 종교 기호학 교수인 로버트 랭던(톰 행크스)밖에 없다고 판단하여 로마 교황청은 급하게 그를 부른다.

랭던이 사건의 뒤를 쫓던 중 차례로 실종된 3명의 추기경이 한 시간을 간격으로 살해된다. 마지막 한 명의 추기경만 남긴 상태에서 반물질로 만들어진 폭탄이 발견되었고, 폭탄이 곧 터질 상황에서 시간이 없자 궁무처장은 스스로 그 폭탄을 헬리콥터에 싣고 하늘 위로 올라가서 폭파시키고, 자신은 낙하산을 타고 탈출한다. 하지만 이 과정에서 카를로는 커다란 중상을 입게 된다.

평소에도 신망이 높고, 사망한 교황의 절대 신임을 받았던 카를로는 살신성인의 정신으로 반물질로 만들어진 폭탄으로부터 수

많은 사람들 구할 수 있게 됨에 따라 추기경들은 그를 새로운 교황으로 뽑자고 회의를 하게 된다.

이즈음 마지막 추기경의 목숨을 간신히 건질 수 있도록 도와준 랭던은 모든 사건의 진실을 알게 된다. 그리고 그 사실을 추기경들에게 전해주었고, 추기경단은 카를로를 콘클라베로 부른다. 자신이 새로운 교황으로 선출되는 줄 알고 콘클라베에 참석한 카를로, 하지만 그곳에는 자신의 정체를 알게 된 사람들의 차가운 시선만 기다리고 있었다.

선임 교황은 자연사한 것이 아니라 카를로가 자신이 교황이 되기 위해 일부러 선임 교황을 독살한 것이었고, 선임교황은 카를로의 친아버지였다. 반물질을 탈취한 것도 카를로였고, 폭파 위기에서 카를로가 살신성인으로 많은 사람을 구하며 중상을 입은 것도 카를로가 자신이 교황이 되기 위해 꾸민 자작극이었다.

모든 사람이 천사라고 생각했던 카를로는 사실 천사의 탈을 쓴 악마였던 것이다. 카를로는 결국 스스로 자신의 몸에 기름을 붓고 불을 붙여 자살하고 만다.

천사와 악마란 무엇일까? 우리 인간의 내면에는 천사라는 면과 악마라는 면이 항상 공존하고 있는 것은 아닐까? 천사 같은 사람이 사실 어느 순간 악마가 될지도 모르고, 많은 사람들이 악마 같다고 생각하는 사람도 천사 같은 면이 있는지도 모른다. 또한 천사 같은 사람이 시간이 지나며 악마같이 될 수도 있고, 악마 같은 사람도 시간이 흐르며 천사 같은 사람이 되지 말라는 법도 없다.

오늘 우리는 어떠한 길을 가고 있는 것일까? 선의 길로 가는 사람도 있지만, 악의 길로 가고 있는 사람도 있다. 점점 악마처럼 변해가는 사람도 있지만, 시간이 지나며 천사 같아지는 사람도 있다.

우리는 자신의 모습을 스스로 객관적으로 정확하게 볼 수 있는 눈을 가지고 있는 것일까? 오늘 나의 모습을 바라볼 때 나는 천사일까? 악마일까? 아니면, 천사로 되어 가고 있는 것일까? 점점 악마처럼 변해가고 있는 것은 아닐까?

6. 비포 선 라이즈

친구야,

이제 겨울이 물러가고 가고 있어. 오늘은 오전 내내 비가 내렸어. 어제 달력도 한 장 떼어냈어. 어제 그렇게 2월은 보냈고 오늘부터 3월이야.

오늘은 휴일이라 집에서 책을 보다가 영화 한 편을 보고 싶다는 생각이 들었어. 너도 알겠지만, 나는 한참 지나간 것을 늦게서야 보는 습관이 있어. 영화뿐 아니라 드라마도 마찬가지야. 일하다 보면 개봉하는 영화를 보러 갈 시간도 없고 텔레비전 본방송 시간에 맞추어 앉아 있을 수도 없으니 나중에 시간이 될 때 다른 사람들이 좋다고 하는 것을 한참이나 지나서 보곤 해.

누군가 '비포 선라이즈(Before Sunrise)'라는 영화가 좋다고 해서 오늘 그 영화를 봤어. 날짜를 보니까 1996년에 개봉한 영화더라구. 영화를 보면서 26년이 지나고 보는 사람이 몇 명이나 될까 조금 궁금하기도 했어. 사실 나는 이 영화를 이전에 전혀 들어본 적이 없어. 어제 처음 알게 된 영화야. 에단 호크(Ethan Hawke)가 데뷔해서 얼마 지나지 않아 찍은 영화 같아.

영화에서 에단 호크가 연기한 제시는 유레일을 타고 비엔나로 향해 가고 있었어. 이 기차에는 파리로 가는 셀린도 타고 있었지. 우연히 기차 안에서 대화를 시작하게 된 두 사람은 이야기를 하면서 점점 호감을 느껴. 그리고 그들은 하루만이라도 비엔나를 구경하며 함께 좋은 시간을 보내기로 결정을 해.

그들에게 주어진 시간은 단 하루였어. 아침에 해가 뜨면 제시는 비엔나에서 미국행 비행기를 타야 했고, 셀린은 파리로 가는 유레일을 타야만 했어. 제시는 미국에서 셀린은 파리에서 각자의 일이 있었으니까.

그들은 주어진 얼마 되지 않은 시간을 위해 비엔나에서 정말 좋은 추억을 만들기 위해 서로 노력을 해. 비엔나 시내 여기저기를 다니며 새로운 경험도 하고, 맛있는 것도 먹고, 아름다운 비엔나를 마음껏 구경을 하지. 평상시 같았으면 하지 않을 것들도 다음 기회가 없을지도 모른다는 생각에 뭐든지 둘이 마음을 합해서 시도를 해.

그러면서 그들은 서로 좋은 감정을 가지게 되지. 하지만 시간은 너무 빨리 흘러 밤이 깊어지고 마지막으로 비엔나의 아름다운 공원 잔디밭에 앉아 이런저런 이야기를 하지. 둘이 이미 많이 친해져서 셀린은 제시의 무릎을 베고 누워 서로 과거 이야기도 하고 미래에 대한 자신의 생각을 말하기도 하지.

그리고 결국 해가 뜨면서 아침이 되지. 이제는 헤어져야만 할 시간이 된 거야. 파리로 가는 기차역에서 셀린과 제시는 단 하루였지만 너무나 행복했던 시간을 보낸 것에 이별이라는 것을 너무 아쉬워해. 하지만 그들에게 주어진 시간은 이미 다 끝났으니 잘 가라는 말밖에는 더 이상 할 수 있는 것은 없었어. 셀린이 탄 기차는 떠나기 시작하고 그렇게 둘은 작별을 하게 되지.

영화 제목을 왜 '비포 선라이즈(Before Sunrise)'라고 했을까? 그것은 아마 시간의 유한성을 알면 우리 삶이 훨씬 더 아름다워지지 않을까 해서 그렇게 제목을 붙이지 않았나 싶어.

우리에게 주어진 시간이 얼마인지 알면 우리는 그 시간을 낭비하지 않고 함께하는 사람과 좋은 추억만을 남기려고 노력하지 않을까 하는 생각이 들었어.

우리에게 주어진 시간이 얼마인지도 모르고, 그 시간이 영원히 우리에게 남아 있을 것이라 생각하니까 우리는 오늘을 좋은 추억이 남는 그런 시간으로 만들지 못하고 있는 것이 아닌가 싶어.

제시와 셀린은 그들에게 주어진 시간이 해가 뜨기 전까지라는 것을 알았기에 둘은 얼마밖에 되지 않은 그 시간을 서로 이해하고 양보하고 받아주고 배려하고 베풀며 아름답고 좋은 추억의 시간으로 만들었던 것 같아.

하지만 우리는 일상에서 그렇게 살아가고 있는 것 같지는 않아. 흔히 우리는 시간이 무한정 주어졌다는 착각 아닌 착각을 하며 살아가고 있기 때문에 내가 하는 일, 내 주위에 있는 사람에게 최선을 다하지 못하는 것 같아. 그래서 아름답고 좋은 추억도 있겠지만, 기억하기 싫고 좋지 않은 추억도 있는 것이 아닐까 해.

이 영화는 사실 흥미진진하거나 전개감이 빠르거나 하지는 않

아. 아주 담담하고 조용히 흘러가는 강물 같은 영화야. 영화 앞부분이 별로 재미가 없어서 그만 볼까 하다가 나에게 이 영화를 추천해 준 이유가 있을 거라 생각해서 그냥 끝까지 다 봤어. 그런데 다 보고 나니 중간에 그만두지 않기를 잘했다는 생각이 들었어.

친구야,

너도 시간이 되면 이 영화를 한번 보렴. 이 영화가 상영되고 나서 2편 비포 선셋, 3편 비포 미드나잇도 나왔어. 다음에 시간에 되면 2편, 3편도 볼 생각이야. 오늘 남은 휴일 잘 보내고 내일부터 또 열심히 살아보자. 우리에게 주어진 시간은 항상 유한하다는 생각을 하면서.

7. 벤자민 버튼의 시간은 거꾸로 간다

　운명의 장난이었을까? 1차 세계대전이 끝나기 바로 전날 뉴올리언스에서 태어난 벤자민 버튼은 80세 늙은 모습으로 태어났다. 그 과정에서 생모는 출산 후 바로 죽게 되고, 생부는 그 아이가 괴물 같다는 이유로 어느 집 계단에 버리고 만다.

　버려진 벤자민을 자신의 아이인양 키우는 퀴니, 정상적인 외모와 건강 상태가 아님에도 불구하고 퀴니는 벤자민을 정성스럽게 돌보게 된다. 실질적인 엄마로서의 충분한 모정이었다.

　세월이 흐를수록 점점 젊어진다는 사실을 알게 된 벤자민, 12살에 60대의 외모를 가지고 있었는데, 이때 6살인 데이지를 만나 그녀와의 운명을 예감한다. 이후 벤자민과 데이지는 만나고 헤어짐을 반복하면서 서로 간의 마음을 알게 되고 사랑에 빠지게 된다.

　하지만 어릴 적 순수했던 데이지는 발레리나로서 성장한 후 그녀의 순수함은 사라져 버렸다. 그런 데이지를 멀리서 바라만 보는 벤자민은 그녀의 행복을 기원하며 자신의 길을 걷게 된다. 이후 교통사고로 인해 다리에 중상을 입게 된 데이지, 더 이상 발레리나로서의 직업을 가질 수 없게 되고 고향으로 돌아와 벤자민과 다시 만나게 된다.

벤자민과 데이지는 서로의 사랑을 확인하고 아이를 갖게 된다. 예쁜 딸아이가 태어났지만 벤자민은 점점 어려지는 자신의 모습에 두려워한다. 아빠로서의 역할이 불가능하다고 판단한 벤자민은 데이지와 딸아이를 위해 스스로 사랑하는 그들의 곁을 떠나게 된다.

떠나간 벤자민을 그리워하다 결국 다른 남자와 재혼을 한 데이지 커다란 문제 없이 딸아이는 성장한다. 그러던 어느 날 더 어린 나이로 데이지 앞에 나타난 벤자민, 그는 데이지와 딸아이를 바라보며 자신의 운명의 가혹함을 다시 느낀다.

시간이 더 흘러 벤자민은 점점 아이가 되어 가고 결국 알츠하이머병에 걸리게 된다. 벤자민을 진심으로 사랑했던 데이지, 그녀는 끝까지 알츠하이머에 걸린 벤자민을 자신의 품 안에서 돌본다. 결국 벤자민은 갓난아기의 모습으로 데이지의 품 안에서 눈을 감고 세상을 떠난다.

이 영화에 보면 다음과 같은 말이 나온다.

"현실이 싫으면 미친 개처럼 날뛰거나 욕하고 신을 저주해도 되지만, 마지막 순간엔 받아들여야 한다."

운명을 이기는 사람은 이 세상에 얼마나 될까? 우리는 운명을 거스를 만한 힘이 센 존재는 아니다. 물론 처음에는 그러한 운명에 저항하거나 반항하겠지만, 시간이 지나 언젠가는 받아들일 수밖에 없을 것이다.

이 영화를 보면서 시간이 거꾸로 가서 내가 만약 어린 시절이나 젊었던 때로 돌아간다면 나는 지금과는 다르게 살게 될지 궁금했다. 사실 생각해보면 지나온 세월에 후회되는 일도 너무 많고 아쉬운 것들도 많다. 과거로 돌아가서 그러한 일들을 고치고 싶기도 하고. 좀 더 좋은 결과를 만들어 낼 수 있을 것 같기도 하다.

진심으로 바랐던 일들도 많았는데 그것 중에 이룬 것보다는 이루지 못한 것들이 더 많다. 그것들로 인해 지금 나의 모습이 만들어져서 조금은 아쉽기도 하다. 내가 물리학을 안 하고 생명과학을 했다면 어떻게 되었을까? 사실 두 가지 중에서 고민을 많이 했었다.

최선을 다하며 산다고 살았는데 지금 돌이켜 보면 꼭 최선은 아니었던 것 같다. 좀 더 신중하게 더 많은 노력을 할 수 있었을 텐데 하는 아쉬움도 너무 많다.

실수로 잘못한 일들도 정말 많았다는 생각이 든다. 그러한 실수를 왜 했는지 지금 생각해보면 이해가 되지도 않는다. 내가 왜 그 정도밖에 안 됐는지 한심하게 생각이 되기도 한다.

좋은 사람들을 만날 기회가 있었는데도 그렇게 하지 못했고, 피하고 싶었던 사람들도 많았는데 그것도 잘못한 것 같고, 좀 더 친하게 지내야 했었던 사람들도 있었는데 그냥 스쳐 지나간 것 같기도 하다.

그런데 가만히 생각해보면 과거로 돌아가 다시 모든 일을 하게 된다 해도 그 상황에서 또 다른 실수도 하고, 이루지 못하는 것도 역시 생길 것이고, 내가 원하지 않는 일들도 나에게 다가올 것은 아마 마찬가지라는 생각이 든다.

사실 우리가 살아가면서 후회하지 않는 사람들은 없을 것이다. 누구나가 다 아쉬운 일들도 많을 것이다. 다시 시간이 주어진다고 해도 그러한 상황에서 또 다른 후회되는 일, 아쉬운 일들도 생기게 될 것이다. 또 다른 가슴 아픈 일이나 상처가 되는 일, 힘들고 고통스러운 일들도 아마 생기게 되지 않을까 싶다.

차라리 지금 나에게 남아 있는 시간을 과거로 돌아간다는 마음으로 살아가는 것이 나을 것이란 생각이 든다. 우리에게 주어진 시간은 극히 제한적이라는 마음으로 오늘 나에게 주어진 시간이나마 보다 의미 있게 살아가는 것이 과거로 돌아가는 것보다는 더 낫지 않을까 하는 생각을 한다.

8. 두근두근 내 인생

영화 〈두근두근 내 인생〉은 가슴 시리도록 슬프지만 푸른 하늘처럼 맑기도 한 그런 영화이다. 영화에서 고등학생인 대수(강동원)와 동갑인 미라(송혜교)는 17살의 나이에 아름이를 낳고 부모가 된다. 어린 나이에 임신을 했다는 이유로 둘 다 집에서 쫓겨나 가난한 월셋집에서 갖은 고생을 하며 아름이만 바라보며 살아간다. 하지만 운명은 행복해야만 할 이 가정에 커다란 폭풍우를 몰고 온다. 아름이는 3,000만 명 중에 한 명 정도가 걸리는 희소병을 가지고 태어났던 것이다. 아름이는 태어나면서부터 노화가 급속히 진행되어 많아야 17살 정도까지만 살아갈 수밖에 없는 운명을 타고났던 것이다.

대수와 미라는 이러한 불행에도 불구하고 아름이를 위해 하루하루 열심히 살아갈 뿐이다. 하지만 시간이 흐르며 아름이는 16살이 되고 이제 그에게는 시간이 얼마 남지 않게 된다. 16살이지만 80세가 넘는 외모를 가지고 있는 아름이, 그 주위에는 오직 아빠와 엄마, 그리고 우연히 컴퓨터 채팅으로 알게 된 소하와 예쁜 감정을 주고받는 것이 전부였다. 세상을 전혀 경험해보지도 못한 채 아름이는 이제 모든 것과 작별을 해야만 했다.

34살인 대수와 미라는 그들이 가장 사랑하는 아름이를 하늘나라로 보낼 준비가 되지 않았다. 자식을 잃어버리기에는 아직 너무나 젊은 나이였다. 이런 부모의 마음을 아는 아름이는 다음과 같은 시를 쓴다.

아버지가 묻는다
다시 태어난다면 무엇이 되고 싶으냐고
나는 큰 소리로 답한다
아버지
나는 아버지가 되고 싶어요
아버지가 묻는다
더 나은 것이 많은데
왜 내가 되고 싶으냐고
나는 수줍어 조그맣게 말한다
아버지
나는 아버지로 태어나 다시 나를 낳은 뒤
아버지의 마음을 알고 싶어요
아버지가 운다

실낱같은 희망이라도 움켜잡고 싶은 대수와 미라였지만, 자신들의 힘으로는 운명이라는 거대한 파도를 넘을 수 없음을 인식한다. 그리고 그들은 서서히 아름이와 아름다운 작별을 준비하게 된다.

 아름이가 가장 원하는 소원은 새해가 되면 울리는 종각의 종소리를 듣고 싶은 것이었다. 대수와 미라는 아름이의 마지막 소원이라도 들어주기 위해 대수가 운전하는 택시를 타고 아름이와 함께 종각으로 향한다. 하지만 연말연시로 인해 시내는 길이 막혀 자동차가 움직이기조차 힘들었다. 새해가 다가오는 12시가 가까워지자 아직 종각에 도착하지 못한 채 아름이는 엄마인 미라의 품 안에서 숨을 거둔다. 그리고 멀리서 들리는 제야의 종소리에 대수와 미라는 눈물만 흘릴 뿐이었다.

 "사람이 누군가를 위해 슬퍼할 수 있다는 건 흔치 않은 일이니까, 네가 나의 슬픔이라 기쁘다."

9. 심야 식당

친구야,

어젯밤에는 자기 전에 일본 영화 〈심야 식당〉을 봤어. 나는 사실 일본 영화는 거의 안 봐서 조금 보다가 재미가 없으면 그만 보려고 했는데 상당히 평범하면서도 왠지 마음에 끌려 끝까지 보게 되었어.

영화의 배경은 도쿄의 뒷골목, 차도 다니지 못하는 걸어서만 갈 수 있는 아주 좁은 골목의 작은 식당에서 일어나는 이야기야.

사람들은 바쁜 하루 일과를 끝내고 피곤한 몸을 이끌고 이곳 심야 식당에 들러서, 허기진 배를 간단한 음식으로 배를 채운 뒤 집으로 돌아가곤 해. 이 식당은 조금 작지만, 많은 사람이 항상 붐비곤 하는 곳이야.

그 많은 사람은 각자 다른 종류의 삶을 살아가고 있어. 직업도 다양하고, 사회적 지위나 외모, 생각하는 방식, 살아온 환경, 그 모든 것이 전부 다른 채, 이곳에 들러서 자신이 좋아하는 음식을 먹고 집으로 돌아가지.

식당 주인은 오는 모든 사람을 그 사람들 방식대로 받아줘. 그리고 그들이 원하는 종류의 음식을 정성껏 만들어 주면 사람들은 그 음식을 아주 맛있게 먹고 항상 감사한 마음으로 인사를 하고 집으로 돌아가지.

삶의 끝에서 헤매다 우연히 이 식당을 들린 20대 초반의 아가씨가 오고 갈 데가 없다는 걸 알게 된 심야 식당 주인은 흔쾌히 그녀에게 자신의 식당에서 일할 기회를 주고, 식당의 2층에서 편하게 쉬면서 지내라고 도움을 줘. 그런 과정에서 식당 주인은 조용히 그녀를 응원해 주고, 묵묵히 지켜보면서 그녀에게 정성이 가득한 따뜻한 음식을 대접해 줘. 어디로 가야 할지 모르던 그녀는 비로소 심야 식당에서 자신의 지나온 시간을 돌아보고 삶에 대한 의욕을 되찾은 후 자신이 가야 할 길을 찾아 새롭게 인생을 시작하기도 해.

또 다른 여인은 사랑에 실패하고, 이로 인한 아픔에 현실이라는 삶에서 도망치곤 했지만, 그녀 역시 식당주인의 따뜻한 배려로 자신의 삶의 곡절을 다 받아들인 후 다시금 힘과 용기를 얻어 자신의 길을 새로이 출발하게 돼.

그 외에도 이 심야 식당을 드나드는 사람에게는 공통점이라고는 하나도 없이, 모두 서로 다른 삶의 우여곡절들이 있지만, 그 지치고 피곤한 몸으로 식당에서 따스한 밥 한 끼 먹는 것으로 그나마 위로를 받곤 해.

나는 이 영화를 보면서 "심야 식당"의 진정한 의미는 무엇일까 생각해 봤어. 열심히 나름대로 하루를 살고, 피곤한 몸으로 찾아가고 싶어 하는 곳, 따스한 밥 한 끼라도 정성으로 대접받을 수 있는 곳, 힘들고 어려운 일을 겪으며 상처 입은 마음을 조금이라도 마음 편하게 터놓고 이야기할 수 있는 곳, 그곳이 아마 심야 식당이 아닐까 싶어.

심야 식당을 들르는 모든 사람에게는 나름대로 삶의 애환과 피곤함이 있었지만, 그들은 이곳에서 주인의 정성 어린 밥 한 끼를 먹고 또 다른 내일을 준비할 수 있었던 거야. 아주 작고 평범하며 음식 맛이 특별하지도 않은 그런 식당이었지만, 그 식당을 들른 사람들은 따스한 위로와 정성이 들어간 밥 한 끼, 그리고 편안하고 인정 있는 배려가 그리웠던 것이 아니었나 싶어.

영화를 보고 나서 나에게는 이러한 심야 식당 같은 장소가 어디일까 생각해봤어. 내가 힘들고 피곤할 때 마음 편하게 거리낌 없이 가서 따스한 밥 한 끼 먹을 수 있는 곳은 어디일지, 그런 곳이 나에게도 있는 것인지 생각해보니, 아직 나에게는 그러한 장소가 없는 것 같다는 생각이 들었어. 나는 언제쯤 그러한 곳을 갖게 될 수 있을까? 내가 힘들고 마음 아플 때 편하게 가서 쉴 수 있는 곳이 있다면 정말 좋을 텐데 하는 생각이 들었고, 심야 식당을 찾을 수 있었던 그 사람들은 어쩌면 행복한 사람들이구나 하는 생각이 들었어.

친구야,

나에게도 언젠가는 그 심야 식당 같은 장소가 나타나겠지? 그냥 아무 생각 없이 가도 편하게 받아주는 곳, 밥 한 끼라도 아무런 고민 없이 먹을 수 있는 곳, 그런 곳이 어서 생겼으면 좋겠다는 생각이 들어.

10. 티벳에서의 7년

친구야,

오늘은 주말이라 시간을 내서 영화 한 편을 봤어. 〈티벳에서의 7년〉이라는 실화를 바탕으로 한 영화였는데, 나에게 많은 생각을 하게 해주는 영화였어.

오스트리아 출신인 주인공 하인리히 하러(브래드 피트)는 1930년대 후반 세계에서 가장 유명한 산악인이었어. 그의 성공에 대한 야심은 끝없는 도전으로 세계 최고봉의 산악등반을 이루어낼 수 있게 만들어. 하지만 세속적인 성공에 밀려 결혼 생활에서 아내와 아기에 대한 관심은 뒤로 밀리게 돼. 1939년 그는 임신한 아내를 뒤로한 채 세계 최고봉 중의 하나인 낭가파르바트 원정을 떠나게 돼. 낭가파르바트는 해발 8,125m로 당시로서는 인간이 등정할 수 있는 가장 높은 산 중의 하나였어. 그때까지만 해도 아직 그 누구도 히말라야의 최고봉인 에베레스트산을 정복하지 못했으니까, 낭가파르바트만 등정을 해도 엄청난 영웅이 되는 거였지.

하지만 수개월의 노력에도 불구하고 정상을 얼마 남겨두지 못한 상황에서 눈사태와 동료들의 사고로 인해 철수를 해야 했어.

그런데 운명이라는 것이 그의 앞길을 알 수 없는 곳으로 인도해 버려.

낭가파르바트 등반 도중에 세계 2차 대전이 발발하게 되고, 그가 하산을 하자 당시 영국의 식민지였던 인도였기에 그는 적국의 포로로 생포가 돼서, 포로수용소에 수감하게 돼.

자유를 위해 여러 차례 수용소를 탈출하려고 하지만, 번번이 실패를 하게 되고, 그러는 사이 몇 년이라는 세월이 순식간에 흘러가 버리게 되지. 그 와중에 고국에 있던 아내는 아기를 이미 낳았고, 돌아오지 않는 남편을 원망하다가 결국 하인리히의 절친한 친구와 동거를 하게 돼.

힘들게 아내에게 수용소에 있다는 소식을 전하지만, 그 소식을 받은 아내는 그를 철저하게 외면하고, 그의 편지에 대한 답장은 아내로부터 온 이혼소송장이었어. 그의 아내는 그와 결별을 선언하고 공식적으로 그의 친구와 결혼을 하게 돼.

절망에 빠진 그는 목숨을 걸고 포로수용소를 탈출하지만, 워낙 험준한 히말라야산맥에서 길을 잃고 오랜 기간 헤매다가 포로로 다시 붙잡히지 않기 위해 인도 국경을 넘어 티벳으로 들어가게 돼. 티벳에서는 목숨을 건질 수 있을 것이란 생각으로 많은 우여곡절 끝에 달라이라마가 있던 곳에서 정착을 하게 되지.

그런 과정에서 우연히 당시 10대 소년이었던 달라이 라마와 인연을 맺게 되고 달라이 라마는 그로부터 서양 문물에 대한 지식을 얻기 위해 매일 같이 만나 정을 쌓기 시작하지.

하지만, 운명은 또 한 번 주인공인 하인리히와 달라이 라마에게 까지 저항할 수 없는 아픔의 시련을 안겨주게 돼. 중국 공산당에서 권력을 잡은 마오쩌둥은 티벳을 중국의 영토로 선언해 버리고 항복을 권하지만, 달라이 라마는 이를 거절하지. 이에 따라 중국 공산당은 수많은 병력으로 티벳에 전쟁을 일으키게 되고, 이에 따라 티벳 국민 100만 명이 결국 목숨을 잃게 돼. 또한, 달라이 라마는 비록 티벳 영토를 중국 공산당에 빼앗기지만 무릎을 꿇지 않고 인도로 망명하는 선택을 해. 그러한 과정에서 하인리히는 달라이 라마의 권유를 받아들여 아들이 있는 자신의 고국 오스트리아로 돌아가게 돼.

주인공인 하인리히는 몇 년 동안 달라이 라마와 같이 생활하면서 자신이 그동안 살아왔던 과정을 돌아보며 잘못된 길을 걸어왔다는 것을 인식하게 돼. 비록 10대 소년이었지만, 달라이 라마가 바라보는 세계는 하인리히가 생각했던 그런 세계가 아니었어. 결국 하인리히는 자신이 그동안 가지고 있었던 세속적인 세계관과 작별을 하고, 달라이 라마처럼 보다 더 커다란 가치를 위해 자신의 세계관을 조금씩 바꾸게 돼.

어린 소년이었지만 세상을 바라보는 시야가 달랐던 달라이 라마, 그가 영적인 지도자인 이유는 너무나 확실했어. 우리 같은 평범한 사람이 보는 시야로 이 세상을 바라보지 않았거든.   달라이 라마로 인해 새로운 가치관을 가지게 된 주인공 하인리히는 아내와 아들에게 속죄를 하게 되고, 비록 아내와 다시 생활할 수는 없지만, 자신의 아들에게 많은 사랑을 베풀며 고국에서 여생을 지내게 되지. 인도로 망명을 한 달라이 라마와는 그 이후 30년에 걸쳐 진한 우정을 나누다가 2006년 사망하게 되고, 오스트리아에서는 그를 기념하는 박물관을 세워 주지.

우리가 살아가는 세상은 어떻게 보는가에 따라 많이 다른 것 같아. 현재 나는 세상을 어떤 관점으로 보고 있는 것일까? 나는 지금 진정 올바른 시야로 세상을 보고 있는 중일까? 나중에 시간이 흘러 내가 바라보았던 세상에의 시야가 잘못된 것은 아니어야 할텐데 하는 걱정이 들어. 〈티벳에서의 7년〉이라는 영화를 보면서 세상을 바라보는 나의 시야가 올바른 것인지 항상 생각을 하며 살아가야겠다는 생각이 들었어.

11. 아웃 오브 아프리카

친구야,

지금 창밖에서 비 내리는 소리가 들려. 오늘내일 많은 비가 온다고 해. 비가 오니까 갑자기 모차르트 클라리넷 협주곡이 생각이 났어. 이 곡은 모차르트가 그의 평생에 작곡한 유일한 클라리넷 협주곡이야. 그가 죽기 2개월 전에 작곡한 모차르트 생애 마지막 협주곡이기도 하지. 클라리넷이라는 악기가 가지고 있는 가장 아름다운 선율을 보여주는 음악이 아닌가 싶어. 나는 사실 클라리넷으로 연주되는 곡 중에 이 곡보다 더 좋은 곡은 없다는 생각이 들어. 그만큼 모차르트는 클라리넷이라는 악기로 표현해 낼 수 있는 가장 아름다운 음악을 만들어 낸 천재였던 것 같아.

또한 이 음악은 1986년도 아카데미 작품상에 빛나는 〈아웃 오브 아프리카〉의 주제곡으로도 쓰였지. 당연히 이 음악을 들으면 그 영화가 생각이 나. 3시간에 가까운 긴 영화였지만, 영화를 보는 내내 한눈을 팔 시간도 없었던 기억이 나. 푸른 초원이 펼쳐져 있는 아프리카, 그곳에서 살아가는 사람들, 그리고 그들의 인생과 꿈, 그리고 사랑.

영화에서 주인공인 메릴 스트립(카렌)과 로버트 레드포드(데니스)의 절제된 연기는 압권이라고 할 수밖에 없을 거야. 그런데 카렌은 왜 자신이 꿈꾸었던 아프리카의 삶을 버리고 돌아갔던 것일까?

카렌은 사실 아프리카에서의 삶에 대한 동경으로 그곳으로 갔지만, 그 동경보다 더 커다란 마음의 상처를 입었던 것 같아. 남편에 대한 실망, 어떻게든 유지하려 했던 결혼생활에 대한 실패, 새로운 사랑인 데니스를 만났지만, 데니스 또한 결혼을 속박이라고 생각하고 자유를 찾아 결혼을 거부했지. 또한 자신 소유의 땅한 평 가지지 못한 채 평생을 살아가는 아프리카 원주민의 삶을 보고, 아프리카 생활을 모두 청산하기로 결심하지. 그런 후 그녀는 자신 소유의 땅 모두를 원주민들에게 돌려주고 마지막으로 자신이 진정으로 사랑했던 데니스 얼굴이라도 보고 난 후 아프리카를 떠나려고 했어. 하지만 카렌을 보기 위해 경비행기를 타고 오던 데니스는 비행기 사고로 결국 사망하고 말지. 자신의 마음속 깊은 곳에 자리 잡은 데니스에게 마지막 인사도 하지 못한 채, 결국 그녀는 눈물을 흘리며 파란만장했던 아프리카를 떠나 자신이 태어났던 고향을 돌아가지.

아름답지만 슬픈 영화의 내용처럼, 모차르트의 클라리넷 음악 또한 아름다우면서도 어딘가 모를 잔잔한 우울함이 곳곳에 스며 있는 것 같아.

친구야,

오늘 밤에 계속 비가 오려나 봐. 이제 3월 말, 얼마 있으면 온

누리에 예쁜 꽃이 활짝 피겠지? 너와 나의 일상에도 좋은 일이 좀 더 많았으면 좋겠구나. 봄비가 내리는 이 밤, 모차르트의 클라리넷 협주곡을 들으며 하루를 마감하는 것도 멋진 일이겠지?

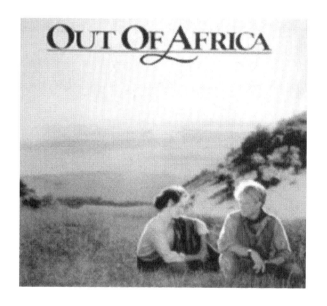

12. 작은 신의 아이들

바흐의 두 대의 바이올린을 위한 협주곡 2악장을 듣는다. 두 대의 바이올린은 같은 선율을 연주하지만 각각 시차를 약간 달리하거나 음높이를 조금 달리해서 연주를 한다. 두 대의 바이올린은 독립적으로 연주하지만 서로 하나인 것처럼 대화하듯 각자의 선율을 주고받으며 연주해 나간다. 바이올린이 서로의 마음을 알기라도 하는 듯 양보하고 기다리며 어떨 때는 앞서가고 어떨 때는 뒤에서 가기도 하며 가장 아름다운 하모니를 만들기 위해 최선을 다하는 모습이다. 하나의 바이올린의 독주로 만들어지는 협주곡에 비해 더 많은 감동을 자아내는 듯하다.

영화 〈작은 신의 아이들〉의 배경은 미국의 어느 작은 시골 마을의 청각장애인들이 다니는 특수학교다. 이 학교에 유능한 교사인 제임스가 새로 부임해 온다. 그는 청각장애인 아이들에게 상대방의 입술을 보고 말을 알아듣는 방법과 입으로 소리를 내는 법을 열정적으로 가르친다. 아이들은 처음에는 별 반응을 하지 않지만, 제임스의 노력으로 한 명씩 마음을 열고 수업에 열중하게 된다.

이 학교를 졸업하고 학교 청소 미화원으로 일하고 있는 사라, 그녀 역시 청각장애인이었다. 제임스가 사라를 보고 첫눈에 반한다. 하지만 사라는 어릴 때 경험했던 청각장애인에 대한 트라우마로 세상과 담을 쌓고 살아가고 있었다. 제임스가 사라에게 다가가지만, 그녀는 그를 경계하며 가까이 오는 것을 허락하지 않는다.

하지만 제임스는 포기하지 않고 학생들에게 가르치는 것을 사라에게도 가르쳐 주려고 한다. 그녀에 대한 사랑이 커지면서 제임스는 어떻게든 소리 없는 세계에 갇혀 있는 그녀를 세상 밖으로 꺼내 주려고 노력한다. 시간이 지나며 사라는 제임스의 진심을 느끼게 되고 서로 사랑하는 사이가 되며 함께 살기 시작한다.

어느 날 제임스의 제자들이 집으로 찾아와 텔레비전을 큰 소리로 틀어 놓고 팝콘을 먹으며 왁자지껄 한 바탕 놀다가 모두 돌아간다. 하지만 사라는 아직도 그 세계에 참여할 수가 없었다. 이를 안타깝게 본 제임스는 오늘 하루만이라도 수화를 하지 말고 사라에게 같이 음악을 듣자고 한다.

제임스는 〈바흐의 두 대의 바이올린 협주곡〉을 틀어 놓는다. 두 대의 바이올린은 서로 사랑하는 사람들이 속삭이듯 아름다운 멜로디로 공존하며 조화로운 음악의 세계를 만들어 낸다. 한 대의 바이올린이 잘난 척하며 독주하는 것이 아니라 두 대가 비슷하게 상대를 위해 자신만을 주장하지 않고 서로를 배려하며 연주하는 것이었다. 화합이라는 아름다운 세계의 진수를 두 대의 바이올린은 거침없이 보여준다.

음악을 듣던 제임스는 갑자기 일어나 음악을 꺼버린다. 이렇게 아름다운 음악을 사라와 함께 할 수 없음에 화가 났던 것이다. 그리고는 그는 말한다. 이런 아름다운 음악을 당신과 함께 들을 수 없다는 것이 너무나 슬프다고.

　소리의 세계에 살고 있는 제임스, 침묵의 세계에 살고 있는 사라. 이 넓디넓은 강을 건널 수 있는 것은 불가능한 것일까? 본질적으로 다른 세계에 살고 있는 이 현실은 그 어떤 노력으로도 불가능한 것일까? 이러한 사실에 제임스가 절망을 느끼고 있을 때 다시 바흐의 음악이 들려온다. 사라가 조금 전에 들었던 〈두 대의 바이올린 협주곡〉을 틀어 놓은 것이다. 그리고 사라는 제임스를 위로한다. 너무 슬퍼하지 말라고.

　사랑하는 사람 사이에서도 함께 할 수 없는 것이 있다는 것을 인정하는 것이 어쩌면 더 용기 있는 것인지도 모른다. 같음을 강요하기보다 다름을 받아들이는 것, 그것이 진정한 사랑일지도 모른다.

13. 그린 파파야 향기

　순진무구한 베트남의 소녀 무이는 자기 집주인인 쿠엔을 위해 정갈한 밥상을 차린다. 쿠엔에게는 부잣집 출신의 적극적인 약혼녀가 있었다. 하얀 달빛처럼 순수한 무이, 혼자 밥을 먹다가 개미를 발견하고 웃는 그녀, 쿠엔은 무이가 진정한 자신의 달빛임을 알게 된다. 오래 전부터 쿠엔을 조용히 마음속으로 연모해왔던 무이의 사랑은 결국 서로에게 영원히 함께 할 운명의 존재라는 것을 깨닫게 만든다. 무이의 순수함은 바로 어두운 밤하늘의 달빛이었다. 베트남의 영화 '그린 파파야 향기'다.

　그린 파파야는 베트남에서 가장 흔한 식물이지만, 아무 데서나 자라는 평상시에는 주목도 못 받는 것이지만, 항상 그 자리에서 필요할 때마다 언제든지 함께하는 그러한 존재다. 쿠엔은 무이에게 글을 가르쳤고, 쿠엔이 피아노 연주를 할 때 무이는 천진난만한 목소리로 책을 읽는다.

　"우리 집 정원에는 열매가 많이 달려 있는 파파야 나무가 있다. 잘 익은 파파야는 옅은 노랑색이고, 또 잘 익은 파파야는 달콤한 설탕맛이다."

　서로에게 달빛과 같았던 존재인 무이와 쿠엔의 사랑은 그렇게 완성되었다.

드뷔시는 그때까지 전해지던 음악의 형식과 규율 그리고 법칙을 벗어 던졌다. 진정으로 음악에서 중요한 것이 무엇인지 알았다. 드뷔시의 달빛은 그래서 순수하고 아름답게 우리의 마음에 다가오는 것인지도 모른다. 무이와 쿠엔이 서서히 서로에게 다가가는 것처럼. 없어서는 안 되는 그러한 존재로서.

14. 디어 헌터

1968년 미국 펜실베이니아주에 살고 있던 마이클(로버트 드 니로), 닉(크리스토퍼 월켄), 스티븐(존 세비지)은 베트남 전쟁에 자원입대한다. 이들은 평소 동네 친구들과 시간이 날 때마다 사슴 사냥을 하는 지극히 평범한 젊은이들이었다. 스티븐은 베트남으로 가기 전 결혼을 한다. 하지만 베트남 전쟁에의 참전은 그들의 삶을 완전히 바꾸어 놓는다.

베트남전에 참가한 마이클, 닉, 그리고 스티븐은 모두 전쟁 포로가 된다. 포로로 잡혀 있는 동안 그들은 인간으로서는 도저히 견디어 낼 수 없는 극한의 경험을 하게 된다. 베트콩들은 그들에게 억압적으로 러시안룰렛 게임을 시킨다. 총알이 장전된 권총을 자신의 머리에 대고 눈앞에 있는 상대방과 한 발 한 발씩 번갈아 가며 방아쇠를 당기는 것이다. 먼저 총알이 나온 사람은 그 자리에서 즉사하고 나머지 한 명은 살아남는 인간으로서 상상할 수 없는 지옥 같은 게임이었다.

마음이 약했던 스티븐은 이 게임을 할 때마다 공포의 비명을 질러댔다. 마이클은 용기를 내어 이 상황을 벗어나기는 했지만, 그러한 과정에서 세 친구들은 헤어지게 된다. 그렇게 그들은 인간

타락의 바닥까지의 경험을 하게 된다. 스티븐은 다리를 다쳐 불구가 되었고, 닉은 탈영을 하여 행방불명이 된다. 오직 마이클만이 성한 몸으로 고향으로 돌아온다.

고향에 돌아온 마이클은 동네에 남아 있던 친구들과 전쟁 전에 했던 사슴 사냥을 다시 나간다. 사슴을 발견하고 조준하는 마이클, 사슴의 맑은 눈망울을 보는 순간 그는 더 이상 아무것도 모르는 사슴을 향해 방아쇠를 당길 수가 없었다. 결국 총을 내려놓고 더 이상 사슴 사냥을 하지 않는다. 살아 있는 생명에게 이제는 함부로 총을 쏠 수가 없었던 것이다.

시간이 지나도 행방불명된 닉이 돌아오지 않자, 마이클은 직접 베트남으로 닉을 찾으러 나선다. 수소문 끝에 간신히 베트남의 어느 도박판에 있는 닉을 찾아낸다. 하지만 닉은 완전히 정신이 나간 채 러시안룰렛 게임으로 도박을 하고 있었다. 심지어 닉은 자신의 절친했던 마이클마저 알아보지 못할 정도로 정신이 나가 있는 상태였다. 마이클의 만류에도 불구하고 닉은 계속 러시안룰렛 게임에만 열중하고, 결국 자신이 잡아당긴 권총에서 총알이 튀어나와 머리가 관통되어 즉사하고 만다.

세 친구는 당시 우크라이나에서 아메리칸드림을 꿈꾸고 미국으로 온 이민 2세의 청년들이었다. 지극히 평범했던 그들의 삶은 자신들이 꿈꾸었던 어떤 것도 이루지 못한 채 허망하게 그 꿈을 접어야 했다. 그들이 꿈꾸었던 아름다운 미래는 전쟁으로 인해 참혹히 사라져 버리고 말았다. 미국이라는 나라는 그들에게 꿈을 실현시켜 주기는커녕 명분 없는 전쟁으로 꽃다운 나이의 젊은이들을 죽음의 현장인 전쟁터로 내몰기만 했던 것이다. 국가는 어떠한 명분으로, 무슨 이유로, 어떤 권리로 그들의 평범했던 미래의 꿈을 빼앗은 것인가? 전쟁에서 허망하게 목숨을 잃은 닉, 평생 불구로 살아가야 하는 스티븐, 가장 사랑했던 사람을 잃은 마이클, 그들은 삶은 누가 책임져 줄 것인가? 국가는 개인에게 왜 이런 희생을 강요하는 것일까? 전쟁의 정당성이 어느 정도 중요하길래, 그러한 희생을 가볍게 여기는 것일까?

비록 가난했지만, 평화롭고 가끔은 행복한 일상을 누릴 수 있었던 생활, 그중의 하나였던 사슴 사냥도 그들은 이제 더 이상 할 수가 없었다.

세 친구 중에 마이클만 성한 몸으로 돌아왔지만, 마이클은 동네 사람들 앞에 자신의 모습을 드러내지 못한다. 전쟁터에서 사망한 닉과 불구가 된 스티븐을 생각할 때 자신의 성한 몸을 보여주는 것이 꺼려졌기 때문이었다. 마이클은 오랫동안 몰래 연모의 정을 가지고 있던 닉의 애인 린다(메릴 스트립)가 자기를 기다리는 모습을 멀리서 지켜만 볼 수밖에 없었다.

이때 나오는 음악이 바로 카바티나이다. 스탠리 마이어스가 작곡하고 존 윌리엄스가 연주하여 이 영화의 주제곡으로 사용되었다. 기타의 애잔한 소리는 세 젊은이의 아픈 상처를 구슬프게 들려주는 듯하다. 카바티나를 들을 때마다 평범한 일상이 얼마나 소중한지를 가슴 깊이 느끼게 되는 것 같다.

15. 브람스를 좋아하세요

　프랑수아즈 사강은 왜 자신의 책 제목을 "브람스를 좋아하세요..."라고 했을까? 내가 아는 바로는 프랑스 사람들은 브람스를 좋아하지 않는다. 이 소설은 당시 영화로도 만들어졌는데, 여주인공 폴은 당대 최고의 여배우 잉그리드 버그만이, 남자 주인공 로제는 이브 몽땅, 그리고 시몽은 안소니 퍼킨스가 역할을 맡았다.

　소설의 줄거리는 간단하다. 여주인공 폴이 로제와 동거하다가 사이가 멀어진 후, 자신보다 나이가 훨씬 어린 시몽을 만나 지내다가 다시 로제와 합친다는 것이다. 하지만 이 간단한 줄거리에도 불구하고 사강은 사랑의 본질에 대해 깊이 있는 울림을 준다.

　소설에서 주인공 폴은 로제와 함께 커다란 문제없이 동거하고 있지만, 시간이 흐르면서 서로에게 서서히 지쳐갔다.

　"로제가 도착하면 그에게 설명하리라, 설명하려 애쓰리라. 자신이 지쳤다는 것, 그들 두 사람 사이에 하나의 규율처럼 자리잡은 이 자유를 이제 자신은 더 이상 어떻게 할 수 없다는 것을. 그 자유는 로제만 이용하고 있고, 그녀에게는 자유가 고독을 의미할 뿐이 아니던가. 문득 그녀는 아무도 없는 자신의 아파트가 무섭고 쓸모없게 여겨졌다. 그가 그녀를 혼자 자게 내버려 두는 일이 점점 더 잦아지고 있었다. 아파트는 텅 비어 있었다. 두 눈에 눈물이 고였다. 오늘 밤도 혼자였다. 그리고 앞으로의 삶 역시 그녀에게는, 사람이 잔 흔적이 없는 침대 속에서, 오랜 병이라도 앓은 것처럼 무기력한 평온 속에서 보내야 하는 외로운 밤들의 긴 연속처럼 여겨졌다."

로제는 폴과 동거하면서도 다른 여자를 만나는 자유분방한 사람이었다. 하지만 로제의 마음 속에는 항상 폴이 있었다.

"로제는 자기 집 앞에 차를 세워 놓고 오랫동안 걸었다. 그는 심호흡을 하면서 조금씩 보폭을 넓혔다. 기분이 몹시 좋았다. 폴을 만날 때 마다 그는 무척 기분이 좋아졌다. 그가 사랑하는 사람은 오직 그녀뿐이었다. 오늘 밤 그녀 곁을 떠나면서 그녀가 슬퍼하는 것을 느꼈지만 그는 뭐라고 말해 줘야 할지 알 수 없었다."

지쳐가는 폴에게 갑자기 나타난 사람이 연하의 젊은 남자 시몽이었다. 시몽은 한 눈에 폴에게 반하고, 그녀에게 가까이 다가가고자 생각했던 것이 바로 브람스 음악회였다. 브람스를 좋아하지 않는 프랑스 사람들에게 브람스 음악 연주회를 가기 위해서는

"브람스를 좋아하세요...."

라는 질문을 하지 않을 수가 없었을 것이다.

브람스는 자신보다 14살 연상인 로버트 슈만의 아내 클라라 슈만을 평생 마음에 품은 채 독신으로 살았다. 시몽은 자신보다 연상인 폴을 보면서 브람스를 생각했는지도 모른다.

이 질문을 받고 폴은 많은 생각을 한다. 갑자기 다가온 젊은 시몽이 싫지는 않았다. 하지만 그녀에게는 오랫동안 같이 지냈던 로제가 있었다.

"브람스를 좋아하세요…"라는 질문을 받았을 때 폴은 로제와 함께 했던 시간들을 회상하며 생각에 잠긴다.

"자기 자신 이외의 것, 자기 생활 너머의 것을 좋아할 여유를 그녀가 아직도 갖고 있기는 할까? 물론 그녀는 스탕달을 좋아한다고 말하곤 했고, 실제로 자신이 그를 좋아한다고 여겼다. 그것은 그저 하는 말이었고, 그녀는 그 사실을 알고 있었다. 마찬가지로 어쩌면 그녀는 로제를 진정으로 사랑하는 것이 아니라 사랑한다고 여기는 것뿐인지도 몰랐다."

그리고 로제와 헤어진 후 시몽과 동거를 시작한다. 하지만 그녀의 마음 깊은 곳엔 로제가 자리 잡고 있었다. 어느 날 식당에 간 폴과 시몽은 다른 여인과 함께 온 로제를 만나게 된다. 식사를 하고 폴은 시몽과 그리고 로제는 다른 여인과 춤을 추기 시작한다.

"저녁 식사 후 그들은 춤을 추었다. 로제는 그 여자 앞에서 언제나처럼 어색하게 몸을 이리저리 움직이고 있었다. 시몽이 일어났다. 그의 춤은 능숙했다. 두 눈을 감춘 채 그는 유연하고 날렵하게 춤을 추면서 노래를 흥얼거렸다. 그녀는 시몽에게 몸을 내맡겼다. 어느 순간 그녀의 드러난 팔이 가무잡잡한 여자의 등에 두르고 있던 로제의 손을 스쳤다. 그녀는 눈을 떴다. 로제와 폴, 그들 두 사람은 상대의 어깨 너머로 서로를 바라보았다. 움직임도, 리듬도 없는 느린 춤곡이 흐르고 있었다. 그들은 아무런 표정도 짓지 않은 채, 미소조차 보이지 않은 채, 서로 알은체도 하지 않은 채 십 센티미터 거리에서 서로를 응시하고 있었다. 어느 순간 갑자기 로제는 여자의 등에서 손을 떼어 폴의 팔을 향해 뻗었다. 그의 손가락 끝이 그녀의 팔에 와 닿았다. 순간 그의 얼굴에 떠오른 표정이 어찌나 간절했던지 그녀는 눈을 감지 않을 수 없었다. 이윽고 시몽은 몸을 돌렸고, 로제와 폴은 더 이상 서로의 모습을 볼 수 없었다."

폴과 로제의 손가락이 닿는 순간 폴은 로제에 대한 자신의 마음을 깨닫는다. 그리고 폴은 시몽과 이별을 고하고 로제와 다시 합친다. 폴과 로제는 다시 동거를 시작했지만 로제가 예전과 달라진 것은 없었다.

사강은 사랑의 덧없음에 주목한다. 실제 사강이 사랑을 믿느냐는 인터뷰에 그녀는 답했다.

"농담하세요? 제가 믿는 건 열정이에요. 그 외엔 아무것도 믿지 않아요. 사랑은 2년 이상 안 갑니다. 좋아요, 3년이라고 해 두죠."

사랑은 영원할 수 있을까? 글쎄 잘 모르겠다. 하지만 생각해 보면 사랑은 그냥 받아들임 아닐까 싶다. 그것이 자신 없다면 사랑을 시작하지도 말아야 할 것이다. 사랑은 자신을 위한 것이 아니기에 어렵다. 나에게 손해가 되는 것이기에 힘들다. 내 자신을 앞세운다면 사랑은 인스턴트 커피 마시는 정도로 만족해야 한다.

그렇지 않다면 사랑은 없다.

영화에 나오는 브람스의 음악에는 교향곡 제3번 3악장이 있다. 브람스 교향곡 중에서 가장 아름답고 낭만적인 선율이다. 그의 음악 중에 가장 대중적으로도 널리 알려진 곡이다. 영화 주인공의 낭만적인 사랑을 브람스의 이 멜로디가 가장 잘 표현하고 있는 것이 아닐까 싶다.

16. 쇼생크 탈출

 억울하게 누명을 쓰고 감옥에 수십 년간 복역을 하게 된다면 얼마나 자유가 그리울까? 자신의 저지른 잘못이 없는데도 불구하고 소중한 인생의 그 많은 시간을 아무런 죄도 없이 험악한 감옥에서 살아가야 된다면 우리는 어떤 선택을 하게 될까? 아마 수단과 방법을 위해 탈출하는 생각만 하게 될 것이다. 쇼생크 감옥에 복역하게 된 앤디(팀 로빈스)가 바로 그 경우였다. 그는 자신의 자유를 위해 탈출 계획을 치밀하게 세웠고, 어느 정도 그 희망을 갖게 되었다.

 어느 날 갑자기 앤디가 복역하던 쇼생크 교도소 전역에 설치된 스피커에서 모차르트의 음악이 들려온다. 일하던 죄수들은 무엇이 잘못되었는지 싶어 멍하니 그 음악이 들려오는 쪽을 향해 바라보기만 하고 있다. 모차르트의 음악은 그들에게 최면을 걸듯 그들 모두 하던 일을 멈추게 만들고, 죄수들은 그 음악에 홀린 채 듣기만 하고 있다.

 "나는 지금도 그때 두 이탈리아 여자들이 무엇을 노래했는지 모른다. 사실 알고 싶지도 않다. 때로는 말하지 않는 것이 최선의 경우도 있는 법이다. 노래가 말로 표현할 수 없을 정도로 아름다

웠다. 그래서 가슴이 아팠다. 이렇게 비천한 곳에서는 상상도 할수 없는 높고 먼 곳으로부터 새 한 마리가 날아와 우리가 갇혀 있는 삭막한 새장의 담벽을 무너뜨리는 것 같았다. 그 짧은 순간, 쇼생크에 있는 우리 모두는 자유를 느꼈다."

그 음악은 쇼생크 감옥에 억울하게 갇혀 있었던 앤디가 간수의 방에서 발견한 모차르트의 '피가로의 결혼'에 나오는 〈편지의 이중창〉이었다.

앤디는 동료 죄수들에게 잠시나마 자유를 느낄 수 있도록 해주었다. 그 무엇보다도 황홀한 선물이었을 것이다. 모차르트의 음악을 들었던 모든 죄수들은 하나같이 이 아름다운 음악에 넋을 잃는다.

이 편지의 이중창의 내용은 다음과 같다.
"부드러운 산들바람이
　부드러운 산들바람이
　오늘 저녁 불어옵니다
　오늘 저녁 불어옵니다
　소나무 둥치 아래로
　소나무 둥치 아래로
　나머지는 그가 다 알아차릴거야
　물론 주인님께서도 알아차리시겠지요."
자유하고는 아무런 상관없는 내용이었다. 그저 두 사람이 바람이 불어온다는 것을 주고받는 대화일 뿐이다.

그런데 쇼생크 감옥에서 이 음악을 들었던 죄수들은 전에 느껴 보지 못했던 감정, 인간다운 삶에 대한 그리움, 진정한 자유의 갈망 같은 것을 느낄 수 있었다. 모차르트 음악의 힘은 그 내용에 상관없이 그들의 마음에 그렇게 울림을 주었다. 쇼생크 감옥의 죄수들에게는 아마 그 무엇보다도 가장 소중한 선물이 아니었을까?

17. 비긴 어게인

　왠지 모르게 끌렸던 영화 비긴 어게인, 그레타(키이라 나이틀리)와 데이브(애덤 리바인)은 헤어질 수밖에 없었던 것일까? 오랜 세월 연인으로 잘 지내왔고, 음악적으로도 완벽한 파트너였는데 무슨 이유가 더 중요해서 그렇게 스쳐 지나가는 인연이 되고 말았던 것일까?

　물론 그레타가 그녀를 알아주는 댄(마크 러펄로)를 다시 만나기만 했지만, 마음에 남아 있던 감정과 함께했던 그 추억은 오래도록 계속될 수밖에 없었을 것이다.

　그레타에게 새로운 노래를 들려주는 데이브, 하지만 그레타는 그 음악에서 예전의 데이브가 아님을 느낄 수밖에 없었다. 사랑은 세월에 따라 그렇게 변해갈 수밖에 없는가 보다.

　그레타의 재능을 알아보고 그녀에게 새로운 희망을 주는 댄, 중요한 것을 잃어버린 것 같지만 다시 자신의 길을 갈 수 있었던 그레타, 삶을 그렇게 돌고 도는 것인지 모른다.

Please don't see just a boy caught up in dreams and fantasies.
저를 꿈과 환상에 사로잡혀있는 소년이라고 생각하지 말아요.

Please see me reaching out for someone I can't see.
나를 내가 볼 수 없는 사람에게 손을 내밀고 있는 사람으로 봐줘요.

Take my hand, let's see where we wake up tomorrow.
제 손을 잡고 내일은 어디서 잠을 깨는지 봐요.

Best laid plans sometimes are just a one night stand.
잘 짜여진 계획도 때로는 한순간만을 모면할 뿐이죠.

I'll be damned Cupid's demanding back his arrow
큐피드가 그의 화살을 다시 요구하네요, 난 어찌해야 할까요.

So let's get drunk on our tears.
그러니까 우리 눈물에 한번 취해봐요.

And God, tell us the reason youth is wasted on the young
하나님, 젊은이들이 왜 젊음을 낭비할 수밖에 없는지 그 이유를 우리에게 말해주세요.

It's hunting season and the lambs are on the run, searching
for meaning.
사냥의 계절이 왔고, 양들은 살기 위해 뛰네요. 참 의미 없지 않
나요.

But are we all lost stars, trying to light up the dark?
우리는 어둠을 밝히려고 애쓰는 길 잃은 별들인가요?

Who are we? Just a speck of dust within the galaxy?
우린 누굴까요? 그저 이 우주의 작은 먼지의 불과한 걸까요?

Woe is me, if we're not careful, turns into reality.
슬픈 사실은, 조심하지 않으면, 그게 현실로 변해버릴 거예요.

Don't you dare let our best memories bring you sorrow.
우리의 행복했던 기억들 떠올리며 울지 말아요.

Yesterday I saw a lion kiss a deer,
어제 난 사자가 사슴에게 입맞춤을 하는 것을 보았어요.

Turn the page, maybe we'll find a brand new ending
페이지를 넘기면, 새로운 결말을 찾게 될지도 몰라요.

where we're dancing in our tears.
우리가 눈물 속에서 춤추는 곳에서 다른 곳으로 말이에요.

And God, tell us the reason youth is wasted on the young
하나님, 젊은이들이 왜 젊음을 낭비할 수밖에 없는지 그 이유를
우리에게 말해주세요.

It's hunting season and the lambs are on the run, searching
for meaning.
사냥의 계절이 왔고, 양들은 살기 위해 뛰네요. 참 의미 없지 않
나요.

But are we all lost stars, trying to light up the dark?
우리는 어둠을 밝히려고 애쓰는 길 잃은 별들인가요?

I thought I saw you out there crying.
당신이 저 밖에서 울고 있다고 착각했어요.

And I thought I heard you call my name.

당신이 내 이름을 부르고 있다고 착각했어요.

And I thought I heard you out there crying.
당신이 저 밖에서 울고 있다고 착각했어요.

Oh, just the same
오, 달라진 게 없어요

God, give us the reason youth is wasted on the young
하나님, 젊은이들이 왜 젊음을 낭비할 수밖에 없는지 그 이유를
우리에게 주세요.

It's hunting season and this lamb is on the run, searching
for meaning.
사냥의 계절이 왔고, 이 양은 살기 위해 뛰네요. 참 의미 없지 않
나요.

But are we all lost stars, trying to light up this dark?
우리는 이 어둠을 밝히려고 애쓰는 길 잃은 별들인가요?

I thought I saw you out there crying.
당신이 저 밖에서 울고 있다고 착각했어요.

And I thought I heard you call my name.
당신이 저 밖에서 날 부르고 있다고 착각했어요.

And I thought I heard you out there crying.
당신이 저 밖에서 울고 있다고 착각했어요.

But are we all lost stars, trying to light up the dark?
우리는 어둠을 밝히려고 애쓰는 길 잃은 별들인가요?

But are we all lost stars, trying to light up the dark?
우리는 어둠을 밝히려고 애쓰는 길 잃은 별들인가요?

18. 아마데우스

천상의 음악이란 무엇일까? 어디선가 홀연히 들리는 음악이 내가 하고 있는 모든 일을 멈추게 한다. 천국에서 천사들이 연주들하는 것일까? 음악을 듣는 것 말고도 다른 일에 집중할 수가 없다.

"그게 바로 모차르트였소. 음탕하게 히히덕거리는 녀석. 악보만 보면 별거 아니었소. 시작은 단조롭고, 거의 코믹했소. 조용히 들려오는 파곳, 녹슨 아코디언 같은 호른, 갑자기 오보에의 높은음이 들리더니 그 여운이 사라지기도 전에 클라리넷이 가세하고, 달콤한 소리는 점점 환의로 바뀌어 갔소. 그건 남의 흉내나 내는 원숭이의 작품이 아니었소. 그 음악은, 신의 목소리처럼 울려 퍼졌소. 왜 신은 자신의 도구로 저런 녀석을 선택하셨을까?"

영화 〈아마데우스〉에서 살리에르가 모차르트의 재능을 감탄하면서 하는 독백이다. 천재는 그렇게 하늘이 내려주는 것일까? 당대 최고의 음악가였던 살리에르였지만, 모차르트의 천부적인 재능 앞에 그는 고개를 숙일 수밖에 없었다.

신에게 그토록 간절히 애원했건만, 살리에르에게 돌아오는 것은 모차르트의 천상의 음악을 듣고 눈물을 흘리는 것이 전부였다.

'그랑 파르티타'는 모차르트가 찰스부르크를 떠나 빈에 정착했을 초기에 작곡한 것으로 세레나데 장르에 속하지만, 교향곡에 필적하는 걸작으로 꼽힌다.

천사들이 모차르트에게 하늘의 선율을 알려주기라도 했던 것일까? 이 음악이 가슴 깊이 스며드는 이유를 나도 어떻게 설명해야 할지 잘 모르겠다. 어딘지 모를 이상향을 바라보게 되는 것 같고, 모든 것을 다 잃었으나 전혀 불행하다는 생각이 들지 않는 것 같고, 아무것도 나에게 남은 것은 없으나 그런 것이 하나도 중요하지 않은 것 같고, 더 이상 얻을 수 있는 것이 없어도 행복을 느낄 수 있을 것만 같다.

모차르트의 그랑 파르티타는 소박하고 단순한 것 같지만, 가늠할 수 없을 정도의 깊이가 있는 인생, 애틋하고 아름다우면서 동경하게 되는 환상의 나라를 연주하는 듯하다. 3월이 끝나가는 마지막 날 그랑 파르티타를 들으며 마무리하고 싶었다.

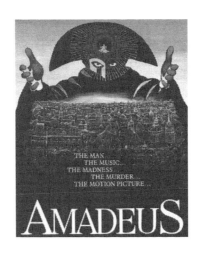

19. 블랙 스완

　차이코프스키의 발레 '백조의 호수'에는 백조와 흑조가 나온다. 여기서 주인공을 맡는 발레리나는 1인 2역을 해야 한다. 바로 백조와 흑조의 역할이다. 하지만 백조와 흑조의 성격은 완전히 정반대이다. 백조는 나약하고 청순하지만, 흑조는 사악하며 강한 성격이다. 주연을 해야 하는 배우는 완전히 내면이 다른 역할을 해야 하기에 당연히 어려울 수밖에 없다. 아무나 맡을 수 있는 역이 아니다. 두 가지의 캐릭터를 완벽히 소화할 능력이 있어야만 가능하다. 발레는 영화와 달리 바로 현장에서 관람이 되는 것이기에 더욱 어렵다.

　어떻게 해야 백조가 흑조가 될 수 있는 것일까? 당연히 그것은 백조가 자기 안에 가지고 있는 모든 성격을 버려야만 가능하다. 완전한 자기부정이 없고서는 백조가 흑조로 된다는 것은 어불성설이다.

　그렇다면 차이코스프키는 왜 백조를 흑조로 변하게 했던 것일까? 그것은 아마도 현재의 자신의 모습을 완전히 버리고 더 나은 미래의 모습으로 발전해 나가는 것이 인간의 가장 이상적인 삶이라 생각해서가 아닐까? 또한 배우로서는 주어진 하나의 배역을 완전히 탈피하여 내면의 세계가 다른 배역의 역할을 해낼 수 있음으로 진정한 예술인의 경지로 올라설 수 있음을 보여줄 수 있는 것이 아닐까 싶다.

어떤 노력을 거쳐 백조가 흑조로 될 수 있는 것일까? 그것은 자아를 완전히 변하게 함으로써 가능할 뿐이다. 심리학적으로 말한다면 이드(Id)를 가로막고 있는 에고(Ego)를 완전히 없애야 가능하다 할 것이다.

나탈리 포트만이 주연했던 영화 '블랙 스완'은 주인공인 니나(나탈리 포트만)가 백조에서 완벽한 흑조가 되기 위한 그녀의 피맺힌 노력을 보여주고 있다. 그녀의 열망은 오직 백조에서 흑조로 완벽히 변신할 수 있는 연기가 전부였다. 그녀의 마음속에는 오직 그러한 갈망만 있었다.

그녀의 역할은 라이벌인 릴리의 등장으로 위기에 처해진다. 니나는 자신의 꿈인 백조와 흑조의 완벽한 역할을 위해 자신이 가지고 있는 모든 것을 바친다. 하지만 그녀의 열망에도 불구하고 그녀 안에 있는 무의식은 그것을 거부하기에 이른다. 괴롭고 힘들었던 니나, 자신의 옛 자아를 넘어서기 위해 그녀의 본능에 따라 움직인다. 과거를 버리기 위해 자신이 아꼈던 인형들을 내다 버리고, 술집에서 잔뜩 취하고, 더 이상 과거의 슬프고 가녀린 백조에 머무는 것을 거부한다. 마침내 그녀는 완벽히 백조에서 흑조로 변신을 하게 된다. 완전한 예술의 탄생의 기쁨을 맛본 니나, 하지만 그 대가 또한 엄청난 것일 수밖에 없었다.

우리의 삶은 얻는 것이 있으면 잃는 것도 당연히 존재하는 것이 아닐까 싶다. 우리는 모든 것을 얻을 수는 없다. 또한 우리가 원하는 것을 얻는다는 것이 삶의 정답이 아닐지도 모른다. 바라고 소원하는 것이 진정으로 의미 있고 가치가 있는 것이 아닐지도 모른다. 물론 그러한 이상의 성취가 나름대로 의미가 있기는 할 것이다. 하지만 삶은 단순히 원하는 것을 얻는 것으로 끝나는 것이 아닐 수 있다는 것을 생각해 볼 필요도 있다.

　우리가 진정으로 원하는 것을 얻는 것도 의미 있지만, 그러한 과정에서 더 중요한 것을 잃을 가능성도 배제해서는 안 된다. 흑조가 되지 않는다고 하더라도 백조로서 만족하며 사는 것 또한 삶의 다른 답이 될지도 모른다.

20. 베를린 천사의 시

　독일 영화인 〈베를린 천사의 시〉에는 다미엘과 카시엘이라는 두 명의 천사가 등장한다. 그들은 추운 겨울날 베를린으로 내려와 거리를 돌아다니며 어려움에 처해 있는 사람, 힘들고 외로운 사람, 절망에 빠져 있는 사람들 곁에서 그들을 위로해준다.

　어느 한 지하철에 노동자 한 명이 근심이 가득한 얼굴을 하고 앉아 있다. 그는 집세를 내지 못해 앞이 깜깜한 상태라서 어떻게 해야 할지 몰라 고민을 하고 있었다. 천사는 그를 발견하고 조용히 그의 옆에 가서 앉는다. 그리고 그의 어깨에 손을 얹는다. 어느새 그 노동자의 마음속에는 용기가 생기기 시작한다. 집세를 내지 못하고 있지만, 자신은 아직 젊고 건강하니 아무 일이나 닥치는 대로 하면 될 것 같다고 생각한다. 그러면서 그 노동자의 얼굴이 밝아진다. 천사는 그에게 희망을 주었다.

　학교 도서관에는 공부하는 사람들이 가득했다. 그들은 오래도록 책을 보느라 피곤에 지쳐 있다. 천사는 그들 옆에 앉아 조용히 지치지 않은 모습으로 책을 보고 있다. 그 모습을 본 사람들이 다시 힘을 내기 시작한다.

　어느 날 다미엘은 서커스단에 가게 된다. 그곳에서 그네를 타는 마리온이라는 여인을 만난다. 시골에서 자신의 꿈을 이루기 위해 도시로 온 마리온은 많은 좌절감에 빠져 있는 상태였다. 다미엘은 그녀를 도와주던 중 그녀를 진심으로 사랑하게 된다. 그리고 자신 스스로 천사를 포기하고 인간이 되고 싶어 한다.

이때 예전의 천사장이 다미엘 앞에 나타난다. 그는 이미 천사를 포기하고 인간이 되어 있었다. 천사장은 다미엘에게 이야기한다. 실제 인간 세상에는 전에 천사였던 사람이 자신처럼 천사를 포기하고 인간으로 살고 있는 천사들이 많다는 사실을 알려준다. 다미엘은 그 이야기를 듣고 마리온을 위해 천사라는 직분을 자기 스스로 포기하고 인간이 된다. 그렇게 다미엘은 인간 세상에 남고 카시엘은 다른 사람을 도와준 후 자신의 임무를 마치고 하늘나라로 승천한다.

우리 주위에는 실제로 다미엘과 같은 천사가 존재하고 있는지도 모른다. 마더 테레사 같은 사람은 내 생각에 분명 천사였던 것 같다. 자신의 모든 것을 다 버리고 다른 이들을 위해 평생을 살다가지 않았던가?

천사는 자신을 버리는 존재이다. 자기 자신보다 다른 이들을 더 많이 생각한다. 다미엘은 마리온을 위해 천사라는 자신을 버렸다. 그는 마리온의 옆에서 평생 도와주고 사랑해 주고 싶었기 때문이다. 내가 희생이 되더라도 그를 위한다면 아무런 상관이 없다는 것이다. 자아가 강할수록 자기를 버리기에는 힘이 든다. 즉 천사란 무자아다.

천사란 이익과 상관없는 존재이다. 계산하지 않고 그냥 사람만 바라본다. 자신이 손해 보는 것 같아도 그냥 그것을 감내한다. 다른 이들을 도와주는 것 자체에 만족한다. 그저 다른 이들을 말없이 도와주고 그 이상을 바라지 않는다. 그것이 그들의 임무라고 생각할 뿐이다.

천사는 어려운 상황에 처해 있는 사람들 옆에 있어 주는 존재다. 우리는 살아가면서 누구나 힘든 경우가 있다. 그런 힘든 시기에 있을 때 함께 마음을 같이 하고 위로를 해주며 용기를 북돋아 주는 사람이 바로 천사. 천사의 위안을 받고 다시 힘을 내서 시작할 수가 있다.

천사는 희망을 주는 존재이다. 앞이 캄캄해 보이지 않고 절망에 빠져 헤어 나오기 너무 어려운 경우에 천사는 희망이라는 빛을 비추어 준다. 우리는 그 희망을 가슴에 품고 힘을 내서 다시 시작하게 할 수 있게 된다.

지금 우리 주위에도 다미엘과 카시엘과 같은 천사가 누군가를 도와주기 위해 돌아다니고 있는지도 모른다. 나도 그런 천사를 만나고 싶다. 나의 천사는 지금 어디에 있는 것일까? 나에게도 수호천사가 있다면 얼마나 좋을까?

21. 플래툰

베트남 전쟁 영화 중 최고는 플래툰이 아닐까 싶다. 영화에서 주인공 크리스는 대학에 다니다가 베트남에 자원입대한 신참이다. 처음에는 단순한 사명감에 군인이 되었지만, 직접 전투에 뛰어들면서 전쟁이 얼마나 참혹한 것인지를 절실히 깨닫는다.

매일 계속되는 치열한 전투에서 사랑했던 전우들이 한 명씩 죽어가고, 이로 인해 대원들의 증오와 복수심은 점차 커져갈 수밖에 없었다.

그가 소속된 부대에는 번즈 중사와 엘라이어 하사가 있었는데 서로 완전히 상반된 성격이었다. 번즈는 타고난 전쟁광으로 살인을 밥 먹듯 하는 사람이었고, 엘라이어스는 휴머니스트였기에 둘은 사사건건 부딪히게 된다.

두 사람이 서로 반목하던 어느 날, 번즈는 정글 속을 혼자 걸어가고 있는 엘라이어스를 발견한다. 아무도 이를 보는 사람이 없다는 것을 안 번즈는 엘라이어스를 총으로 쏜다.

이후 베트콩의 수세에 몰린 대원들은 적의 공격을 피해 헬리콥터를 타고 주둔지를 빠져나오는데, 이때 죽은 줄만 알았던 엘라이어스가 부상당한 몸을 이끌고 필사적으로 적지를 빠져나오려고 한다.

허공을 향해 두 손을 들고 구원을 요청하는 엘라이어스, 하지만 그의 몸에 적들의 총탄이 사정없이 날아와 박힌다. 결국 그는 이국의 땅에서 장렬하게 전사한다. 이때 나오는 음악이 바로 바버의 현을 위한 아다지오이다.

조용하면서도 어딘지 모르게 풍부한 현악기의 선율이 듣는 이로 하여금 영원한 시간의 흐름 속에 존재하는 인간의 한계를 알려주는 듯한 느낌이다. 우주공간에서 마치 유영을 하는 듯한 분위기는 외롭게 이생을 마감하는 한 영혼이 마지막으로 작별의 인사를 하는 것 같다. 전쟁이라는 참혹한 현실에서 한 젊은이는 그렇게 외롭게 이생을 떠날 수밖에 없었다.

"돌아보면 우린 적이 아닌 우리 자신과 싸웠습니다. 적은 바로 우리 안에 있었지요. 전쟁은 끝났지만, 그 기억은 늘 저와 함께 할 겁니다. 엘라이어스는 번즈와 싸우며 평생 동안 제 영혼을 사로잡으려 하겠지요. 때로는 내가 그 둘을 아버지로 해서 태어난 아이라는 느낌이 듭니다. 어떻든 간에 살아남은 자에게는 그 전쟁을 다시 상기하고 우리가 배운 것을 남에게 알리며 우리의 남은 생을 바쳐 생명의 존귀함과 참 의미를 알아야 할 의무가 남아 있습니다."

크리스의 독백이 맞는 것일까? 그 수많은 전쟁이 끝이 났는데도 불구하고 우리는 무엇을 배웠던 것일까? 아무것도 배우지 못한 것이 아닐까? 지구라는 이 조그만 행성에서 전쟁은 지금도 지구 곳곳에서 일어나고 있으니 말이다.

22. 올드 보이

  친구야,

  어젯밤에는 영화 '올드 보이'를 봤어. 가끔씩 예전에 봤던 영화를 다시 보곤 해. 처음에 봤을 때하고는 다른 느낌으로 다가오기도 하고, 내가 놓쳤던 영화 속의 내용도 다시 이해할 수가 있어서 좋은 것 같아.

  사실 이 영화는 복수에 대한 거야. 주인공 오대수(최민수)는 알 수 없는 이유로 납치되어 15년간 갇혀 살게 되고, 그 잃어버린 세월에 대한 분노로 자신을 납치한 사람을 찾아 복수를 하려고 하지. 또 한 명의 주인공인 이우진(유지태)은 아무 생각 없이, 악의도 없이 한 오대수의 발언으로 자신의 소중한 사람이 죽음에 이르게 되어 그에 대한 분노로 복수를 하기 위해 자신의 모든 것을 바치게 돼.

  하지만 오대수의 복수는 철저하게 처음부터 이우진의 계획으로 인한 것이었어. 오대수를 15년간 감금했던 이유는 오대수의 딸이 아기에서 성인으로 성장할 수 있는 시간을 위한 것이었어. 그가 감금에서 풀려나온 후, 자신의 딸인 미도(강혜정)를 만나게 하고, 오대수는 자기 딸을 알아보지도 못한 채, 그녀를 강간하게 돼. 나중에 미도가 딸이라는 사실을 알게 된 오대수는 절규할 수밖에 없었고, 이 모든 것이 바로 철저히 처음부터 계획된 이우진의 복수극이었던 거야. 자신에게 상처를 준 것만큼, 아니 그 이상의 상처를 주기 위해 이우진은 이러한 복수가 성공할 수 있도록 자신의 모든 것을 바쳤던 거야.

결국 이우진이 계획했던 모든 것이 다 이루어져 그의 복수는 완벽하게 성공하게 돼. 영화의 막바지에 오대수는 자신의 복수뿐만 아니라 모든 것을 포기하고 이우진에게 지옥 같은 자기 삶을 끝내게 해달라고 스스로 가위를 가지고 자신의 혀를 자르게 되지. 아무 생각 없이 실수로 한 자신의 발언을 제발 용서해 달라고, 앞으로 자신은 어떤 말도 하지 않겠다고, 아니 아예 말하지 않는 벙어리같은 인생을 살기 위해 혀를 없앨 테니, 이 지옥 같은 복수극을 제발 끝내달라고 하지.

영화의 클라이맥스는 바로 이우진이 자신의 모든 복수가 본인이 원하는 대로 다 이루어진 후가 아닐까 싶어. 이우진은 자신의 목표가 완벽하게 실현이 되어 그가 의도했던 복수의 모든 것을 끝내고 난 후 이런 말을 해.

"이젠 뭐 하고 살지?"

이우진이 그동안 살아왔던 삶의 이유와 목표는 단 한 가지, 오대수를 복수하기 위한 것이었어. 그는 자신의 복수가 완성된 후 이 말을 하고 나서 자살을 해서 스스로 목숨을 끊어.

이 영화가 기억에 남았던 것은 바로 이러한 삶의 아이러니가 아닌가 싶어. 이우진은 자신이 가장 미워하는 사람의 복수를 위해 그가 가지고 있던 모든 것을 철저히 바쳤던 거야. 그는 자신의 삶 자체의 목표와 의미가 본인이 가장 싫어하는 사람을 위한 복수였어. 본인이 가장 분노하게 한 사람을 위해 자신의 하나밖에 없는 소중한 삶을 다 써버렸고, 그 목표를 이루고 나니 이제는 더 이상 살아가야 할 이유와 의미를 찾지 못해 이 세상을 떠나고 말았던 거야.

우리는 살아가다 보면 많은 사람을 만나고 경험할 수밖에는 없어. 누군가를 좋아하기도 하지만, 누군가를 미워하게 되기도 하지. 그 누군가가 싫어진다면 그가 몰락하기를 바라기도 하고. 하지만 그러한 미움에 사로잡혀 살아가게 된다면, 그는 자신이 가장 싫어하는 존재에 집착하는 노예적 삶을 살아가고 있는 것이 아닐까 싶어. 사실 이우진은 오대수에게 사로잡혀 철저히 그의 몰락을 위해 자신의 소중한 삶을 그렇게 끝내버리고 말았던 거야.

만약 이우진이 오대수를 도저히 용서를 하지 못한다면, 그냥 그를 잊고 살았다면 이우진의 삶은 어땠을까? 이우진은 자신의 복수를 성공했지만, 그는 오대수에 대한 집착으로 자기 삶을 잃어버린 것은 아닐까? 우리의 인생이 복수로만 끝난다면 정말 의미가 있는 것일까?

누구나 자신이 싫어하고 미워하는 사람은 아마 있을 거야. 그를 용서할 용기가 없다면, 그냥 그를 잊고 나만의 삶을 살아가는 것은 어려운 일인 것일까?

우리는 지금 무엇을 위해 살아가고 있는 것일까? 우리의 그 무엇은 정말 나의 삶에 있어서 어떤 의미를 가지고 있는 것일까? 평생을 그것을 목표로 하고 살았는데, 그 오랜 시간 그것을 이루기 위해 치열했고, 결국은 이루었지만, 다 이루고 났더니, 이우진처럼.

"이제 뭐 하고 살지?"라고 말하게 되는 것은 아닐까?

내가 생각하고 살아가는 그 삶의 목표가 진정으로 성취할 만한 목표인 것일까? 혹시 다 이루었다고 하더라도 너무나 허탈하고 허무한 것은 아닐까?

영화 올드 보이에 보면 이런 말이 나와.

"웃어라, 온 세상이 너와 함께 웃을 것이다. 울어라, 너 혼자 울게 될 것이다."

나의 인생은 웃을만한 인생인 걸까? 아니면 울게 되는 인생일까?

23. 이상한 나라의 수학자

친구야,

어제는 한국 영화 〈이상한 나라의 수학자〉를 보았어. 개봉할 때 보고 싶었던 영화였는데, 극장을 갈 시간도 없었고, 아직까지는 극장에서 팝콘이나 음료수를 먹을 수가 없으니 별로 극장에 가고 싶지도 않더라구.

이상한 나라는 바로 북한이야. 북한에서 뛰어난 수학자로 이름을 날리던 이학성(최민식)이 남한으로 내려와 고등학교 경비 일을 하면서 일어나는 이야기야.

사실 내가 이 영화가 개봉되기 전에 관심이 있었던 것은 예전에 보았던 수학과 관련된 영화 〈뷰티플 마인드〉와 〈굿 윌 헌팅〉을 너무나 재미있게 보았기 때문이야. 뷰티플 마인드와 굿 윌 헌팅이 좋았던 것은 수학에 관련된 인간적인 모습들이 있었기 때문이 아닐까 싶어. 우리나라에서 수학을 주제로 해서 영화를 만드는 것이 그리 흔한 것은 아니라서 어떠한 내용으로 그 영화가 만들어졌나 궁금했어.

이학성은 어린 시절 세계 수학 올림피아드에서 금메달을 따낼 정도로 타고난 수학적 재능을 가지고 있었어. 하지만 그는 북한에서 자신의 수학적 능력이 오로지 무기를 만드는 데 이용되기만 하는 것에 회의를 느껴 결국 탈북을 하게 돼.

아는지 모르겠지만, 북한에서는 물리학이나 수학에서 두각을 나타내는 사람들은 북한 당국이 요구하는 일들을 잘 해내면 사실 영웅 대접을 받기도 해.

비록 허구이기는 하지만 이학성 정도 되는 학자라고 한다면 북한에서는 최고의 영웅 호칭을 받을 수 있고, 집이나 자동차 등 모든 경제적 문제가 해결되기 때문에 아무런 걱정 없이 살 수 있었을 거야.

그럼에도 불구하고 이학성은 왜 탈북을 해서 한국으로 내려온 것일까? 비록 영화라서 허구이긴 하지만 영화의 흐름을 보아서는 이학성은 학문 그 자체를 좋아했던 것이 아닐까 싶어. 그는 오로지 수학을 학문으로서 생각했던 것이고, 따라서 그는 자신의 재능을 순수한 학문을 하는 데 사용하고 싶었을 거야. 하지만 북한 당국은 그의 그러한 뛰어난 재능을 순수학문이 아닌 무기를 개발하고 만들어 내는 데 사용하게 하니 그는 그것이 싫었던 게 아닌가 싶어.

세계적으로 뛰어난 수학자들의 삶은 보면 이학성 같은 경우가 대부분일 거야. 수학적으로 극히 어려운 난제를 해결하고 나서 느낄 수 있는 성취감과 만족감, 새로운 것을 발견하고 나서 느낄 수 있는 희열, 다른 사람이 해결하지 못한 것을 풀어내고 나서 느끼는 우월감, 바로 이러한 것들이 순수학문을 하는 즐거움이 아닐까 싶어.

이학성은 이러한 것들을 알고 있었고, 자신의 인생을 1년 내내 신무기를 개발하는 데 사용하는 데 보다는 새로운 것을 발견하고 어려운 문제를 해결하는 기쁨을 누리면서 살고 싶었을 거야.

다만 문제는 아내를 데리고 올 수 없었고, 함께 온 아들은 엄마가 보고 싶어 혼자 다시 임진강을 건너 엄마에게 가려다가 한국 군인의 총에 맞아 사망하게 되고 돼. 이러한 일들로 인해 이학성은 자신을 은폐하면서, 자신의 선택에 대해 후회를 하면서 한국에서 살고 있었어. 그러다 자신이 근무하던 고등학교에 다니는 한 남학생과 인연이 되어 함께 수학의 즐거움을 다시 느끼면서 예전의 아픔을 조금씩 회복하는 과정을 겪게 되지.

하지만 이학성이 한국에 살면서 느낀 것은 수학이라는 것이 오로지 대학 입학과 자신의 출세를 위해 이용되고, 좋은 대학을 가기 위해 많은 입시 부정이 나타나는 것을 보고 실망을 하기도 해. 한국도 북한이나 마찬가지로 학문의 즐거움을 아는 사람은 드물다는 사실이지. 학문을 하는 이유를 진정으로 알고 있다면 이러한 일들은 일어나지 않을 텐데 현실은 결코 그렇지가 않은 것은 인정할 수밖에 없는 것 같아.

영화에서 이학성은 과거의 아픔에도 불구하고 자신을 이겨내면서 오랜 연구 끝에 결국 "리만 가설"을 증명하게 되지. 리만 가설을 수학에서 정말 오랫동안 해결되지 않은 난제 중의 난제야. 영화에서는 이학성이 이 난제를 증명한 것으로 나오지만, 사실 리만 가설은 아직까지도 해결되지는 않고 있어.

지난 백 년이 넘는 세월 동안 전 세계에서 내놓으라 하는 수많은 천재 수학자들이 이 난제를 증명하려고 노력하였지만, 아직 그 누구도 풀지 못한 문제야.

만약 이 리만 가설을 증명한다면 그는 세계적으로 가장 뛰어난 수학자의 반열에 오르는 것은 너무나 확실한 사실일 거야.

나는 나름대로 이 영화를 오랜만에 재미있게 봤어. 우리나라에서는 이제는 이런 영화를 만들 수 있구나 하는 생각도 들었어. 우리나라만이 생각할 수 있는 북한과의 특수성까지 고려해서 시나리오를 써서 새롭기도 했어. 하지만 조금 과장된 것도 없지는 않아 아쉬움도 있기는 해.

친구야,

너도 시간이 되면 이 영화를 한번 보렴. 나름대로 재미있으니까. 다음에 이런 영화가 또 나오면 좋을 것 같아. 아, 얼마 있으면 '명량' 후속편이 나온다고 하니 그 영화를 볼까 싶어. 그때 기회가 되면 같이 가서 보자꾸나. 오늘은 이만 줄일게.

24. 예감은 틀리지 않는다

은퇴 후 작은 카메라 가게를 운영하는 토니(짐 브로드벤트), 이혼은 했지만, 전처와 가끔씩 만나고, 딸과 그리 사이는 좋지 않지만 언제든 도와주려고 노력한다.

어느 날 대학 때 사귀었던 베로니카(샬롯 램플링)의 엄마인 사라(에밀리 모티머)에게서 편지가 오는데, 그녀는 토니에게 약간의 돈과 유품을 남긴다.

유품을 받기 위해 변호사에게 도움을 청하게 되는데, 그 유품을 베로니카가 가지고 있고, 그것은 당시 친구였던 에이드리언의 일기장임을 알게 된다.

오랜만에 베로니카를 만나게 된 토니는 그녀를 만나 반가웠지만, 베로니카는 그를 차갑게 대하고 에이드리언의 일기장은 자신이 불살라 버렸다고 이야기한다. 그리고 베로니카는 토니에게 한통의 편지를 주고 자리를 떠난다. 토니는 그 편지를 읽고 자신의 옛날 일들에 대한 기억이 완전히 왜곡되어 있었음을 뒤늦게 깨닫고 충격을 받게 된다.

자신이 베로니카와 헤어진 후 에이드리언으로부터 베로니카와 사귀게 되었다는 편지를 받고 토니는 상관없다는 엽서를 보낸 것으로 기억하고 있었지만, 그것은 엽서가 아닌 긴 편지로 에이드리언과 베로니카에 대해 입에도 담지 못할 정도의 증오와 저주의 내용이었다.

그 편지의 저주가 실현된 것이었을까? 어느 날 베로니카의 뒤를 미행하던 중, 베로니카가 한 장애인 청년과 만나는 것을 목격하게 된다. 토니는 그 장애인 청년을 홀로 뒤따라가 알아보니, 그 청년은 에이드리언의 아들임을 알게 된다.

에이드리언은 베로니카의 아들이었을까? 왠지 자신에게 유난히 친절하게 잘해주었던 베로니카의 엄마가 생각이 나는데, 그 예감은 틀리지 않았다. 그 청년은 베로니카의 엄마와 에이드리언의 아들이었던 것이다. 그리고 토니의 친구인 에이드리언은 이미 세상을 떠나고 없었다. 베로니카는 자신이 사귀었던 에이드리언과 엄마의 아들, 즉 자신의 친동생을 돌보아 주고 있었던 것이다.

토니 역시 베로니카와 사귈 때 그녀의 엄마에 대해 어떤 사적인 감정이 있었고, 그러한 감정은 에이드리언에게도 같이 작용했는지, 아니면 자신 편지의 저주대로 베로니카와 에이드리언에게 평생 잊히지 않을 상처가 되는 사건이 되었는지도 모른다.

에이드리언의 일기장은 이러한 과거의 사실들로 가득차 있었고 에이드리언을 사랑했던 베로니카는 그 상처의 아픔을 감당하기 어려워 에이드리언이 죽은 후 그 일기장을 불질러 버렸던 것이다.

자신의 저주가 실현된 것이 아닐지라도 자신의 편지로 인해 베로니카와 에이드리언이 너무나 커다란 마음의 상처가 되었고, 그 상처로 인해 그들의 인생은 너무 얽혀버려 그 이후 그들이 걸어 가야 했던 인생의 길이 결코 순탄하게 되지 않았음을 토니는 알 게 된다.

토니는 자신의 기억이 오로지 자기에게 유리한 대로 덧칠되어 있었다는 것을 인식하고, 당시 비록 순간적인 감정으로 인한 사소한 실수였을지는 모르지만, 자신의 그러한 행동이 얼마나 엄청 난 일로 비화되었는지를 깨닫고 그동안 살아왔던 그의 인생의 길 이 크게 잘못되었다는 것을 깨닫게 된다.

자신이 베로니카와 에이드리언에게 했던 것처럼, 또 다른 사람 인 전처와 딸에게도 비슷한 상처를 주었을지도 모른다고 생각하 게 된 토니는 스스로 자기의 삶의 태도를 바꾸어 나가려고 노력 한다. 비록 자신에게 남겨진 시간이 얼마 되지 않더라도, 과거에 그가 한 잘못된 일들과 실수를 돌이킬 수는 없겠지만, 이제부터 라도 더 이상 다른 이들에게 아픔을 주어서는 안 되겠다는 생각 을 한다.

토니는 이혼한 전처에게 진심 어린 사과를 건네고, 딸에게도 아 빠로서 최선의 모습으로 도움을 주려는 진심을 보인다. 비록 많 은 것들이 지나갔지만, 현재의 시간이라도 소중히 보내기 위해 토니는 그의 일상을 조금씩 다르게 살아가려고 노력한다. 사무적 으로 대했던 집배원 청년에게 따뜻한 커피도 대접하고, 주위의 사람들에게 귀를 기울이고 마음이 있는 대화도 하기 시작한다.

그리고 토니는 베로니카에서 진심 어린 사과의 편지를 쓴다.

"이게 과거에 대한 향수인지 괴로움인지 생각해 봤어. 아무래도 향수인 것 같아. 난 마가렛과 살던 시절과 수지가 태어났던 날을 떠올리고 학교 친구들과 살면서 처음 춤을 추어봤던 여자와 등나무 아래 서서 몰래 건네던 인사와 에이드리언이 말하던 역사의 정의와 내 삶에 일어났던 모든 일을 떠올려봤어. 내가 의도한 일이 얼마나 적었는지도. 나는 승자도 패자도 아니야. 상처를 기피하며 그것을 생존능력이라 부르는 사람이지. 우리의 인생이 어쩌다 엉켜버렸는지 생각하고 있어. 좋았던 시절도 있었는데 이제와 돌아보면 그 순간 짧게나마 수많은 감정이 밀려와 당신이 어찌 사는지 몰랐던 건 미안해. 이 미련한 늙은이에게 가르쳐줄 것이지…. 어쩌면 진작 가르쳐 주었어도모르지."

우리는 살아가면서 모든 것을 자신에게 유리하게 해석하고 자신의 관점에서 많은 것을 왜곡하며 살아가고 있는지도 모른다. 어떤 사실을 객관적으로 바라보지 못하고, 있는 그대로 해석하거나 깨닫지 못한 채, 자신의 관점에서만, 자신이 생각하는 대로만, 본인이 알고 있는 것이 전부인 것처럼 믿으며 그렇게 우리의 삶을 살아내고 있는 것인지도 모른다. 그러한 나의 태도가 삶을 왜곡시키고 다른 사람과의 관계가 진실되지 못한 채 엉켜 버려 돌이킬 수 없는 경로로 그렇게 삶이 흘러가게 되는지도 모른다.

우리가 할 수 있는 것들은 삶의 여정에서 그리 많지 않다. 나 자신도 내 마음대로 하지 못하는데, 다른 사람과의 관계나 그로 인한 삶의 과정은 우리 마음대로 되기 힘든 것이 사실이다. 중요한 것은 많은 것을 객관적으로 바라볼 수 있는 능력과 나 자신의 주관만으로 이루어진 세상에서 벗어나는 것이 아닐까 싶다.

　나는 나에 대해 얼마나 알고 있는 것일까? 나는 나 자신을 위해 기억을 왜곡하고 덧칠하며, 현실에 주어진 일들을 오로지 나 자신만을 위해 만들어가려고 노력하고 있는 것은 아닐까? 다른 사람이야 어떻게 되건 말건, 나의 생각대로 느낌대로 감정대로, 내가 세상의 주인인 것처럼 그렇게 살아가고 있는 것은 아닐까? 내 주위의 있는 사람에게 미안하다는 생각을 하지 않는다는 것은 나 스스로 객관적으로 생각하지 못하기에 생기는 것이 아닐까?

25. 당신 거기 있어 줄래요?

친구야,

오늘은 기욤 뮈소의 프랑스 소설을 우리나라에서 영화로 만든 〈당신 거기 있어 줄래요?〉를 봤어. 사랑하는 사람과 인연 그리고 시간과 우리의 미래의 모습에 대해 생각하게 해주는 그런 영화였어. 우리들의 한 순간순간이 얼마나 소중하고 의미가 있는지, 그리고 많은 사건들로 얽히고설키는 우리의 인생은 얼마나 알 수 없는 것인지 생각하게 되는 것 같아.

영화에서 2015년 소아외과 과장인 수현(김윤석)은 캄보디아에서 의료 봉사 활동을 하던 중 언청이 아이의 수술을 도와주게 되고, 그 소녀의 할아버지로부터 신비한 알약 10개를 선물로 받아. 아무 생각 없이 호기심으로 알약 한 개를 먹었는데 그 알약은 시간 여행을 할 수 있는 것이었어.

그는 30년 전 과거로 돌아가서 젊은 자신(변요한)을 만나게 돼. 당시 젊은 수현은 오랫동안 연인 사이였던 연아(채서진)와 행복한 나날을 보내고 있었어. 2015년에서 온 수현은 젊은 수현에게 자신은 30년 후의 미래에서 온 것이라고 이야기하지만 처음에는 믿지를 않아.

허무맹랑한 이야기에 믿지 않던 수현은 점점 그의 말이 사실임을 알게 되고, 30년 후 수현에게 앞으로 일어날 일들을 듣게 되면서 자신의 인생을 바꾸려고 시도하게 되지. 그것은 바로 자신이 가장 소중한 연아의 죽음을 막는 것이었어. 하지만 30년 후의 수현에게는 수아라는 사랑하는 딸을 지켜야 했고, 이를 위해서는 젊은 수현은 연아와 더 이상 연인의 관계가 계속되어서는 안 되는 것이었어.

　젊은 수현은 연아의 목숨을 구하는 대신 그녀와의 사랑을 끝내야 했어. 만약 그가 연아와 계속 연인의 관계로 남게 되면 수아는 태어날 수가 없게 되는 운명이었어.

　30년 후의 수현은 연아의 목숨을 구해 줄 수는 있었지만, 사랑하는 그녀와 헤어져야 자신의 딸인 수아를 얻게 되기 때문에 젊은 수현과 함께 연아와 수아 모두의 생명을 구할 수 있도록 노력하게 돼.

　30년 후 수현의 도움으로 젊은 수현은 돌고래 조련사였던 연아의 목숨을 사고에서 구할 수 있게 돼. 하지만 젊은 수현이 연아와의 관계를 유지하면 수아가 태어날 수 없기 때문에 30년 후의 수현은 젊은 수현에게 연아와의 연인 관계를 끊어달라고 부탁을 하지.

　하지만 젊은 수현에게는 연아가 그 무엇보다 소중하기에 30년 후 수현의 말을 듣지 않고 연인 관계를 계속하려고 하지. 그런 과정에서 연아는 불의의 교통사고를 당하게 되고, 결국 30년 후 수현의 말이 옳다는 것을 알게 되고 다시 30년 후 수현의 도움으로 연아의 목숨을 구할 수 있게 돼. 하지만 이제는 30년 후 수현의 딸인 수아를 위해 스스로 연아의 곁을 떠나게 돼. 연아 또한 목숨을 구하기는 하지만 젊은 수현과 헤어질 수밖에 없었고 그 이후 수현을 그리워하며 30년을 힘들게 살아갈 수밖에 없었어. 사랑했지만 그 사랑을 포기할 수밖에 없는 운명은 받아들일 수밖에 없었던 거야. 그렇게 젊은 수현이 연아와 헤어지면서 30년 후의 수현은 소중한 딸과 삶을 살아갈 수 있게 돼.

그렇게 30년의 세월이 흐르고 미래의 수현은 폐암에 걸리게 되고, 세상을 떠나기 전 마지막으로 젊었을 때 사랑했던 연아를 만나고 싶어해. 젊어서 행복한 시간을 보낸 장소에서 30년이 흐른 후 수현과 연아는 인생에서 마지막으로 얼굴을 보게 되지. 사랑하고 소중한 존재였지만 만나지 못한 채로 그렇게 세월은 흘렀고, 수현과 연아는 서로의 마음이 30년이 지났어도 변하지 않았음을 확인하게 되지.

가장 사랑했던 사람을 살리기 위해 30년이란 시간을 꾹 참고 살았지만, 한순간도 그 사람을 잊지 못하고 살았던 시간들, 물론 그 시간들은 커다란 아픔과 상처였을 거야.

하지만 운명이 사랑하는 사람과 함께 할 수 있는 시간을 빼앗아 버리기는 했지만, 꼭 해피엔딩이 아니더라도 그저 사랑하는 사람이 살아있는 것으로도 만족할 수 있는 게 아닐까 싶어.

영화의 마지막에 수아는 아빠가 세상을 떠나기 전에 소중한 사람을 더 이상 볼 수 없으면 어떻게 해야 하냐고 물어봐. 그때 수현은 수아에게 "힘들었어도 행복한 순간이 있었고, 그러한 순간이 있었던 것만으로도 삶은 살아지게 된다"고 말을 하지. 그는 30년을 연아와의 행복했던 순간을 마음속에 두고 그렇게 살아왔던 거야. 그리고는 사랑하는 수아와 연아를 남겨두고 세상을 떠나게 돼.

기욤 뮈소의 소설이 비록 시간 여행 같은 판타지 이야기고, 일어날 수 없는 그저 상상의 사건들로 이루어져 있지만, 영화를 보면서 많은 것을 생각하게 해주는 것 같아.

소중한 사람과 함께 하지는 못해도, 그 사람을 사랑한다면 아픈 세월도 참고 살아야 하고, 꼭 내가 원하는 인생을 살지 못한다고 하더라도 사랑하는 사람이 살아있다는 것만으로도 만족해야 한다는 생각이 들었어. 현재의 한 순간순간이 소중하고, 미래를 위해 지금을 좀 더 깊이 있게 살아가야 한다는 생각도 했어. 우리의 인생이 꼭 해피엔딩이 아니더라도 사랑하는 소중한 사람이 존재하고 있다는 것만으로도 행복할 수 있다는 생각이 들었어. 해피엔딩이 아니어도 삶은 충분히 살아갈 만한 가치가 있는 것이 아닐까 해.

26. 애프터 워

　우리가 어떠한 아픔이나 슬픔, 고통 같은 것을 겪게 되면 그 힘든 일을 가장 잘 이해해줄 수 있는 사람을 기대게 된다. 하지만 그 사람이 나의 어려운 일을 외면하게 된다면 그로 인해 더욱더 견디기 힘들게 될 수 있다.

　나의 아픔을 함께 하리라 믿었던 그 사람으로부터 그러한 외면을 받게 된다면 그 사람에 대한 마음과 애정도 식을 수밖에 없을 것이다.

　영화 〈애프터 워〉는 세계 2차 대전이 끝난 후 전쟁으로 소중한 아이를 잃은 한 여인의 상처를 이야기하는 영화이다.

　2차 세계대전 당시 독일군의 런던 폭격으로 아들을 한순간에 잃어버린 레이첼(키이라 나이틀리)는 전쟁이 끝나자 런던을 떠나 남편이 있는 독일로 온다. 그녀의 남편인 루이스는 육군 대령으로 전후 함부르크를 관리하는 임무를 맡았다. 런던에서 아들에 대한 아픔을 떨쳐내기 위해 남편이 있는 독일로 왔지만, 남편인 루이스는 따스한 사람이기는 하나, 아들에 대한 이야기는 하나도 하지 않은 채, 레이첼의 아픔을 애서 외면하곤 했다. 남편의 위로를 기대했던 레이첼의 그러한 남편의 태도에 실망하고 외로움을 느낀다.

아이를 잃은 자신의 곁에 머무는 시간도 별로 없이 남편은 계속 집 밖으로만 나돌고 자신의 임무에만 충실할 뿐이었다. 그러한 남편이 이제는 너무나 서운했고, 시간이 갈수록 남편에 대해 절망하기에 이른다.

결국 레이첼은 혼자 힘들어하고 울다 지쳐 남편에게 당신은 자신처럼 슬픈 것 같지 않다고, 자신처럼 아픈 것 같지 않다고 하며 남편을 원망한다.

극심한 고립감에 빠진 레이첼은 자신을 이해해주는 독일 남자인 루베르트와 사랑에 빠져 불륜에 이르게 되고, 남편을 떠나 그와 함께 새로운 삶을 시작하려고 한다.

레이첼이 짐을 싸서 떠나는 순간, 남편인 루이스는 레이첼과는 마지막이라는 생각으로 그동안 자신이 가지고 있었던 마음을 고백한다. 레이첼을 보면 죽은 아들이 자꾸 생각나고, 레이첼을 껴안으면 레이첼에게서 죽은 아들의 냄새가 나고, 레이첼을 만지면 죽은 아들을 만지는 것 같았다고. 자신은 아내인 레이첼을 외면한 것이 아니라 아내를 볼 때마다 사랑했던 죽은 아들 생각으로 도저히 어쩔 수 없었다고, 그동안 하지 못했던 말을 마지막으로 하고 레이첼을 떠나보낸다.

독일인 루베르트와 기차역으로 간 레이첼, 기차가 떠나려는 순간 레이첼을 깨닫는다. 자신의 마음을 이해해주길 바랐고, 남편으로 위로를 받기를 원했던 레이첼은 자신 또한 남편의 속마음을 전혀 몰랐고, 죽은 아들의 아픔을 가지고 있었던 남편을 한 번도 위로해주지 않았음을, 전쟁터에서 죽음의 고비를 넘으며 죽음이라는 것을 매일 마주하면서도 가족에 대한 사랑을 깊이 간직한 채 혹시나 레이첼에게 더 커다란 상처로 남을까 봐 아들에 대한 이야기를 마음속 깊이 감추고만 있었던 남편의 내면의 세계를 레이첼은 그제서야 볼 수 있었던 것이다.

레이첼은 루베르트와 함께 떠나려는 기차를 타려던 순간 루베르트에게 작별 인사를 하고 다시 남편인 루이스에게 돌아간다.

레이첼은 왜 남편인 루이스를 믿지 않았던 것일까? 자신의 아픔을 위로받기 원하면서도 그녀는 왜 같은 아들의 아버지인 루이스의 아픔과 상처에 대해서는 아무 생각을 하지 못했던 것일까? 루이스는 레이첼의 아픔에 대해 왜 용기를 가지고 대해 주지 못했던 것일까?

자신의 입장보다도 상대가 어떠한 처지에 있는 것인지, 한 번만 더 깊게 생각해 보았다면 아마 그러한 일은 일어나지 않았을지도 모른다. 그래도 서로의 아픔을 이해할 수 있었기에 레이첼과 루이스에게는 희망이 있었다. 만약 그것마저 없었다면 그들의 사랑은 그렇게 영원히 끝나고 말았을 것이다.

27. 이미테이션 게임

친구에게,

얼마 전 이미테이션 게임이라는 영화를 보았어. 이 영화는 앨런 튜링(베네딕트 컴버배치)이 세계 2차 대전 당시 독일군의 암호를 해독해내는 과정에서 지금 컴퓨터의 전신이라고 할 수 있는 암호 해독을 할 수 있는 기계를 발명하는 실화를 바탕으로 한 영화야.

내가 생각할 때 과학자는 인류에게 조금이라도 도움이 될 수 있는 일을 해내는 사람이 아닐까 싶어. 비록 힘이 들고 어려워도 그 과정을 극복해 내다보면 언젠간 좋은 결과가 나올 수 있고, 그 결과로 인해 인류에게 도움이 된다면 더 이상 바랄 것이 없겠지.

세계 2차 대전에 동원된 그 엄청난 인원들, 그들 대부분은 20세 전후인 젊은 청년들이었어. 아직 세상을 많이 느껴보지도, 경험하지도 못한 그런 젊은이들이 그 누군가의 명령에 따라 전쟁에 동원되고, 참혹한 전쟁의 현장에서 아무런 죄도 없이 삶이 무엇인지도 모른 채 죽어간 수가 수천만 명이었어. 그들의 소중한 목숨이 그렇게 사라져 버리는 것이 진정 의미가 있는 것일까? 이유를 막론하고 전쟁은 빨리 끝내버리는 것이 최선이 아닐까 싶어. 이를 위해서는 전쟁 당사자 중의 한쪽은 어쨌든 패배해야만 전쟁이 끝나는 것이 지극히 당연한 사실이 아닐까 싶어.

과학자였던 튜링은 어떤 역사적 흐름이나 정치적 현실 감각은 없을지 모르나, 전쟁을 좀 더 일찍 종식시킬 수 있는 능력은 있었어.

당시 해독이 절대 불가능한 독일군의 암호인 '에니그마'로 인해 연합군은 독일에게 속수무책으로 당할 수밖에 없었어. 그로 인해 연합군의 수많은 젊은이들이 매일 수천 명씩 죽어 나가고 있었고. 이를 막기 위해서는 독일의 암호체계를 푸는 것이 가장 현명한 방법이라고 판단한 연합군 수뇌부는 이를 해결할 수 있는 수재들을 모아 암호해독의 비밀 프로젝트를 수행하기로 결정하게 돼. 이 프로젝트의 책임을 맡은 이가 바로 앨런 튜링이야.

앨런 튜링은 영국 출신의 천재 수학자로 계산기가 어디까지 논리적으로 작동할 수 있는지에 대해 처음으로 실험을 시도한 학자야. 즉 전산학의 선구자라고 할 수 있을 거야. 그는 14살쯤에 미적분을 전혀 배우지도 않은 상태에서 그보다 더 어려운 난해한 수학 문제를 해결한 일화가 있어. 말 그대로 수학에 있어 타고난 재능을 가지고 있었던 거야. 케임브리지 대학에서 수학을 전공하고 26세에 프린스턴 대학에서 박사학위를 받았어. 학위취득 후 1939년에 영국으로 돌아온 지 얼마 되지 않아 영국 정부의 독일군 암호해독 팀장으로 일하기 시작하지.

튜링에게도 약점은 있었어. 천재적인 수학자이기는 했지만, 함께 일하는 동료들과는 사이가 좋지 않지. 이 모습을 본 조안(키이라 나이틀리)은 앨런에게 조언을 하지. "앨런, 당신이 얼마나 똑똑한지는 중요하지가 않아요. 에니그마는 항상 더 똑똑할 테니까요. 만일 당신이 정말로 이 퍼즐을 풀고 싶다면, 동원할 수 있는 모든 도움이 필요할 거예요. 동료들이 당신을 좋아하지 않는다면, 당연히 당신 일에 도움을 주지 않을 거예요."

개인의 능력은 항상 한계가 있는 법, 아무리 뛰어난 천재 과학자였던 튜링이었지만, 혼자서 일하는 그는 독일군의 암호를 풀어내는 데 계속 실패를 하지. 그 이유는 아마 독일에서 튜링과 비슷한 수재들이 모여 암호체계를 만들었기 때문일 거야. 이에 튜링은 조안의 충고를 받아들여 자기의 팀원들을 하나로 뭉치게 해서 결국 기계를 이용해서 독일군 암호체계를 풀 수 있게 되지.

그로 인해 영국군은 독일군의 공격에서 서서히 벗어날 수 있었고, 점차 승리가 이어지면서 세계 2차 대전은 끝나게 돼. 전쟁이 끝났다는 얘기는 더 이상 소중한 젊은이의 생명이 사라지는 일이 끝났다는 것이고, 튜링은 어쨌거나 그 많은 생명을 구하는데 있어서 큰 역할을 한 것은 사실일 거야.

튜링은 1945년 전쟁 중에 세운 공로로 영국에서는 가장 명예로운 대영제국훈장을 받게 되지. 전쟁 후에도 그는 연구를 열정적으로 계속했고, 맨체스터 대학 교수로 일하면서 1951년 39세라는 젊은 나이로 영국 왕립학회 회원으로 선출돼. 하지만 동성애자라는 사실이 알려지게 되고, 당시 영국 형법에 따라 화학적 거세를 당하게 돼. 그리고 1954년 42세라는 나이에 청산가리를 먹고 스스로 목숨을 끊어.

영화를 보면서 안타까운 것은 튜링이 조금이라도 더 행복하고 인생을 즐기면서 살았으면 어땠을까 하는 생각이 들었어. 물론 천재라는 운명이 쉽지 않은 인생의 길을 허락하는 것은 아니겠지만, 홀로 외로이 너무나 어려운 문제에 매달려 그 많은 시간과 에너지를 써야 했고, 커다란 업적에도 불구하고 불행하게 삶을 마감할 수밖에 없었던 그의 삶에 많은 연민을 느꼈어.

아무리 천재라 할지라도 우리의 삶은 그렇게 완벽하지도 않으며, 아픔과 고통도 따르는 것 같아. 물론 훌륭한 업적과 성취도 있기는 하지만 말이야. 그가 조금이라도 더 행복하고 즐겁고 기쁜 순간이 많았으면 어땠을까 하는 생각으로 영화를 보았던 것 같아.

친구야,

우리는 그리 많은 욕심을 내며 살아가지는 말자. 아무리 남들이 추앙하는 결과를 만들었어도 불행한 순간들이 너무나 많은 그러한 삶은 좋은 것 같지는 않아. 좋은 영화를 보긴 했지만, 마음이 아팠던 것은 사실이야.

이미테이션게임

28. 에베레스트

에베레스트는 해발 8,848m로 인도, 중국, 네팔의 국경에 우뚝 솟아있는 지구상에서 가장 높은 산이다. 수많은 산악인의 도전에도 불구하고 이 산은 인간의 등정을 결코 쉽게 허락하지 않았다.

이 산의 정확한 높이를 측정하기에도 많은 어려움이 있었다. 인도가 영국의 식민지였던 시절, 인도의 측량국장이었던 앤드루 워가 1846년부터 1855년까지 10여 년에 걸친 히말라야 산맥에서의 3각 측량 방법으로 측정한 결과, 이 산이 세계 최고봉임을 증명할 수 있었고, 앤드루 워가 전임자였던 에베레스트의 공적을 기려 이 산의 이름일 '에베레스트'로 명명하자고 주장하였고 이것이 받아들여져 지구상의 가장 높은 산의 이름이 에베레스트가 된다.

20세기 초까지는 에베레스트 정복을 꿈조차 꾸지 못했으나, 시간이 지나면서 난공불락으로 여겨졌던, 그리고 인간의 한계의 상징이었던 이 세계 최고봉은 1953년 에드먼드 힐러리와 텐징 노르가이가 인류 역사상 처음으로 이 산의 정복에 성공하게 된다. 이후로 전 세계 산악인들은 자신의 평생의 꿈이었던 에베레스트 등반에 대한 자극이 되었고 얼마 지나지 않아 세계 최고봉 정복에 대한 성공이 이어졌다.

이와 더불어 전 세계적으로 전문 산악인이 아닌 일반인들도 에베레스트 등반에 대한 꿈을 꾸기 시작했고, 이와 맞물려 이 산의 정복을 도와주는 산악 전문 상업 회사들이 우후죽순으로 생겨나게 되며 이 회사들은 경제적으로 활황을 맞이한다. 2015년에 개봉된 영화 〈에베레스트〉는 이러한 상황에서 에베레스트산의 등반에서 발생한 실화를 바탕으로 한 영화다.

인간의 욕심의 끝은 어디까지일까? 에베레스트를 정복했다는 그 명예욕에 빠진 사람들은 너나없이 산악 회사들과 연계하여 오로지 세계 최고봉에 올랐다는 기록을 남기기 위해 에베레스트 등정을 시도한다. 물론 이는 인간의 끝없는 도전에 대한 의지라고 볼 수도 있다. 하지만 의지는 자신을 객관적으로 바로 보지 못한 상황에서는 과욕일 뿐이다. 그 과욕의 대가는 무엇일까?

1953년 처음으로 에베레스트가 정복된 후 40년간 수많은 사람들이 이 도전을 이어갔지만, 도전한 사람 중 1/4이 하나밖에 없는 자신의 생명을 잃을 수밖에 없었다. 그들 대부분은 평생 산만 올랐던 전문 산악인들이었다.

영화에 보면 1년 내 만년설이 뒤덮여있고, 산소조차 희박한, 언제 눈 폭풍이 불지도 모르는 에베레스트 정복을 위해, 등산 경험도 별로 없고, 체력도 도저히 되지도 않는 그러한 일반인들이 당시 평균 연봉의 몇 배가 되는 비용을 산악 회사에 지불하고 그들의 도움으로 에베레스트 도전에 나선다. 산악 회사는 수많은 사람의 고액 비용으로 많은 부를 쌓을 수 있다는 생각으로 등반하고자 하는 사람들의 능력은 생각하지 않은 채 돈만 벌면 된다는 식으로 등반 지원자들을 거의 받아들인다.

영화에서 롭은 전문 등반 산악인으로 일반인들을 인솔해 에베레스트 등반을 시작한다. 정상 정복 전 눈 폭풍이 오고 있음에도 불구하고 산악 회사에서는 그들의 등반이 성공해야 자신들에게 이익이 된다는 생각으로 일기예보에 대한 사실을 팀장인 롭에게 알려주지 않는다.

그들 중 일부가 에베레스트 정복을 성공하기는 했지만, 그 대신 대원 중 몇 명은 자신의 목숨을 잃을 수밖에 없었다. 일반 등반인을 도와주다가 팀장인 롭마저 아이를 임신한 아내가 있는 집으로 돌아오지 못한 채 에베레스트 정상 밑에서 만년설 속에 묻힐 수밖에 없었다. 그뿐만 아니라 4명의 목숨이 히말라야의 눈 속에 묻혀 버려, 그 시체마저 찾지를 못했다.

인간의 한계에 도전하고자 했던 그들의 의지는 높이 살만했으나, 그것은 객관적으로 볼 때 과욕 그 자체였다. '나는 누구인가'라는 말은 자신의 정체성을 알고자 하는 질문일 수도 있지만, 다른 면에서 볼 때, 나라는 자아를 객관적으로 판단할 수 있는 것도 포함된다고 생각한다.

그들 중 일부는 정말로 에베레스트를 오를만한 능력과 경험을 가지고 있었을까? 물론 일부 일반인의 경우에는 가능한 도전이었지만, 일부는 결코 그렇지 못한 상황이었다. 오직 에베레스트를 정복했다는 그 말 한마디를 위해 그들은 자신의 목숨을 걸어야 했고, 사랑하는 사람과 영원히 헤어져야 하는 운명을 걸어야 했다. 그렇게 허무하게 죽은 사람을 떠나보내고 남아 있는 가족은 어떻게 살아가야 할까? 그들은 그런 것을 생각해 보고 자신의 한계에 대한 도전을 했던 것일까?

에베레스트 정복보다도 더 중요한 것은 자신을 객관적으로 인식하고, 본인이 해야 할 일과 하지 말아야 할 일, 도전해야 할 것과 그렇지 않은 것, 다른 사람들에게 우쭐해질 수 있는 명예욕보다 더 소중한 자신의 목숨과 사랑하는 가족이 아니었을까?

이 영화에서는 인간의 한계에 도전하는 의지에 대한 위대함을 볼 수도 있겠지만, 내가 볼 때는 정말 그다지 의미도 없는 헛된 명예욕과 돈만을 위해 사람의 목숨까지 담보로 잡는 상업 회사들의 탐욕밖에는 보이지 않았다. 차라리 에베레스트라는 산이 지구상에 없었으면 더 나을지도 모른다는 생각이 들기조차 했다. 이 영화에서 말하는 인간 한계에 대한 위대한 도전이라는 말이 결코 위대하게 보이지 않는 것은 나에게만 해당하는 것일까?

29. 돈 워리

　과거는 지나갔고 미래는 오지 않았다. 나에게는 오직 현재만 주어져 있을 뿐이다. 과거와 미래에 대한 생각과 걱정은 지금 내가 가지고 있는 현재를 없애는 것밖에는 되지 않는다. 걱정이란 단어는 현재와는 아무런 상관이 없다. 이 말은 단지 지나간 과거와 오지 않은 미래와 연관되어 있을 뿐이다.

　영화 〈돈 워리〉는 존 캘러핸의 실화를 바탕으로 한 영화다. 그는 다음과 같이 말한다.

　"신이여, 바꿀 수 없는 것을 받아들이는 평온함을 주시고, 바꿀 수 있는 것을 바꿀 용기를 그 차이점을 아는 지혜를 주소서."

　그에게는 어떤 것이 바꿀 수 없는 것이었을까? 그 바꿀 수 없는 것을 위해 그는 무엇을 했을까? 그의 바꿀 수 없는 것에 대한 태도는 변함이 없었던 것일까?

　영화에서 존 캘러핸(호아킨 피닉스)는 13살 때부터 술을 마셨다. 그의 어머니는 그가 태어난 후 그를 버리고 떠나버렸다. 그의 생모는 미혼모였고, 그는 생부가 누군지도 몰랐다. 어느 한 가정에 입양되었으나 가족이란 것이 무엇인지도 모른 채 외롭게 자라났다.

고독을 견딜 수가 없어서, 홀로인 것이 너무 싫어서, 자신의 존재를 알아주는 사람이 없어서, 사랑을 받아 본 적이 없어서, 그는 그 아픈 현실에서 도망치고 싶었다. 모든 것을 잊고, 아무 생각도 없이, 그 누구와의 관계도 필요가 없어서 그는 술로 자신을 도피시켰다.

술을 마시면 모든 것을 잊을 수가 있기에 술에 빠져 사는 날들이 많아졌고 결국 그는 어린 나이에 알코올 중독자가 되어버린다. 어느 날 실컷 같이 술을 마신 친구인 덱스터 (잭 블랙)와 함께 차를 타고 가다가 결국 교통사고를 당해 척추가 완전히 부러져 버렸고 평생을 전신마비로 살아가야 할 운명에 처해진다.

더 이상 살아가야 할 이유도, 삶의 목표도 없는 그에게 우연한 기회에 아누(루니 마라)가 나타나고, 그녀는 그의 가슴에 잔잔한 파문을 일으킨다.

아누와 함께 재활을 하며 그는 스스로 알코올 중독에서 벗어나고자 노력하기 시작한다. 알코올 중독자 모임에 참여하면서 그동안 살아왔던 자신을 돌아보게 된다.

"보려고 해도 볼 수가 없으므로 보이지 않는 것이라 말한다
들으려 해도 들을 수가 없으니 들리지 않는 것이라 말한다
가지려 해도 가질 수가 없어서 없는 것이라 말한다. (노자)"

존은 자신이 볼 수가 없었던 것을 보려고 했고, 들리지도 않는 것을 들으려 했으며, 존재하지도 않는 것을 가지려 했던 것을 깨닫기 시작한다. 자신이 할 수 없는 것이 있음을, 바꿀 수 없는 현

실과 운명이 있음을 알게 된다.

아무것도 할 수 없는 전신마비 환자였지만, 용기를 내어 카툰을 그리기 시작하고 이러한 과정에서 그는 현실을 인식하고, 과거에 얽매여 있던 자신을, 미래를 걱정만 하는 자신을 현실에 사는 자신으로 바꾸어 나가기 시작한다.

태어나면서부터 자신의 운명은 너무나 불행했다는 그의 인식에 점점 변화가 일어나기 시작하고, 자신을 버렸던 어머니, 자신에게 무관심했던 양부모, 자신을 무시했던 주위 사람들, 교통사고를 일으켜 자신을 평생 전신마비로 살아가게 한 친구 덱스터에 대해 용서의 마음을 품기 시작한다.

생모가 자신을 버린 것에 대해 원망하고 증오했던 그의 마음은 생모가 자신을 버린 것은 생모 나름대로의 중요한 사연이 있었을 것이라 생각한다. 친아들인 자신을 버렸을 때 생모의 마음은 얼마나 아팠을까 하는 생각이 들자 그렇게 증오했던 자신을 낳아준 어머니에 대해 이해하기 시작한다.

모든 것을 원망하고 증오했던 그의 가슴은 서서히 따뜻해지기 시작했고, 그동안 걱정했던 모든 것을 하나씩 내려놓기 시작한다. 전신마비로 살아가야 할 미래, 힘들고 고통스러웠던 과거에 대한 모든 걱정을 버리고 자신이 살아있다는 현실만을 생각하기 시작한다. 그리고 그는 오늘 살아있음에 감사하는, 자신의 삶을 사랑하는, 그리고 어떤 걱정도 하지 않는 사람으로 거듭 태어나 살아가게 된다.

"천하의 형상이 되어 덕이 언제나 변하지 않으면 나는 무극으로 돌아간다. (노자)"

그는 자신의 나머지 시간을 아무 걱정 없이 행복하게 살다가 60이 되던 해 편안하게 눈을 감는다.

30. 천일의 스캔들

헨리 8세의 여성 편력은 엄청났다. 그의 두 번째 왕비가 된 앤 볼린이 그것을 몰랐을 리 없다. 그럼에도 불구하고 그녀는 헨리 8세의 왕비가 되고자 계획적으로 치열하게 노력했다. 앤은 헨리 8세와의 결혼생활을 전혀 예상하지 못했던 것일까? 아니면 알고서도 그 길을 선택했던 것일까? 아마 무엇보다도 그녀의 욕심이 그녀를 그 길로 인도했을 것이다.

〈천일의 스캔들〉은 헨리 8세(에릭 바나)와 그의 두 번째 왕비인 앤 볼린(나탈리 포트만)과의 실화를 바탕으로 한 영화다. 역사적으로 당시 헨리 8세는 첫 번째 왕비인 캐서린과 결혼 중이었다. 헨리 8세는 헨리 7세의 차남이었다. 캐서린은 사실 그녀가 16세 때 헨리 7세의 장남인 아서와 결혼했었다. 당시 헨리 7세의 나이는 15세였다. 아서는 왕의 후계자였으나 결혼 후 몇 달 만에 사망하고 만다. 이에 헨리 8세는 형 아서 대신 왕이 되었고, 형수였던 캐서린과 결혼한다. 이 여인이 헨리 8세의 첫 번째 왕비였다.

결혼 후 캐서린은 아들을 낳았으나 태어난 지 몇 주 만에 사망하고 만다. 그 후 캐서린은 여러 번의 임신과 유산을 거듭하지만 결국 아들을 낳지는 못한다. 이에 헨리 8세의 마음은 캐서린에게서 떠나게 되고, 이때 만나게 되는 여인이 앤 볼린과 메리 볼린이었다.

메리 볼린(스칼렛 요한슨)은 이미 결혼하여 남편이 있는 여인이었다. 헨리 8세는 이와 상관없이 유부녀인 메리와 동침했고, 그녀의 남편은 왕이라는 권력에 속수무책으로 아내를 잃을 수밖에 없었다. 메리가 임신하여 딸을 낳자 헨리 8세는 메리를 버린다. 그리고 그의 언니인 앤 볼린에게 관심을 둔다. 앤 볼린은 동생이 당한 것을 알기에 결코 헨리 8세에게 몸을 허락하지 않는다. 그녀는 왕에게 자신을 원하면 당시 왕비였던 캐서린과 이혼하고 자신을 왕비의 자리에 앉혀주어야 몸을 허락하겠다고 말한다. 이에 헨리 8세는 첫 번째 왕비인 캐서린을 궁에서 쫓아내고, 이러한 과정에서 로마 교황청과의 관계를 끊고 영국국교회라는 새로운 형태의 종교 체계를 설립한다.

앤은 헨리 8세가 캐서린과 이혼하기 전에 이미 임신을 했고, 결혼 후 딸인 엘리자베스를 낳는다. 아들을 원했던 헨리 8세는 이에 실망을 하고 다시 다른 시녀와 스캔들을 벌인다. 왕의 마음을 되찾기 위해 앤은 임신과 유산을 반복했으나 결국 아들을 낳지 못했고, 헨리 8세의 신뢰도 잃어갔다. 첫 번째 왕비인 캐서린과는 달리 왕실에 인맥이 없었던 앤은 그녀를 제거하려던 세력의 모함으로 간통죄와 근친 상간죄를 뒤집어쓴 채 결국 참수되고 만다.

헨리 8세는 그 이후에도 4명의 왕비를 얻었고 3번째 왕비였던 제인 시모어가 낳은 에드워드에게 양위를 하고 1547년 그의 나이 38세에 사망한다.

앤 불린이 낳은 공주는 후에 영국의 여왕이 된다. 그녀가 바로 무려 45년간 왕위에 재위하면서 영국 역사상 가장 위대한 황금기를 만들어 낸 '해가 지지 않는 나라'의 주인공 엘리자베스 여왕이다. 그녀는 당시 무적함대라 불리던 스페인과의 전쟁에서 승리하여 해상 패권을 차지하였고, 동인도 회사를 건립 영국이 세계 무역의 중심이 되게 하여 이후 영국이 전 세계 면적의 1/4을 차지하게 되는 기틀을 마련한다.

헨리 8세의 여성 편력은 그와 결혼한 모든 여인들을 불행하게 만들었다. 자신의 아내 중 2명을 자기의 손으로 참수시켰다. 그는 꼭 그러한 삶을 살아가야만 했을까?

앤 불린 또한 자신의 결혼생활이 어떻게 될지 알면서도 헨리 8세를 선택해야만 했을까? 그녀의 욕심이 자신의 인생을 파멸로 몰아가게 되리라는 것을 전혀 예상하지 못했던 것일까?

삶이 어떻게 흘러가게 될지 알 수는 없지만, 그들은 자신의 선택이 어떠한 결과로 이어질지 충분히 알 수 있는 사람들이었다. 그럼에도 불구하고 그들은 왜 그러한 길을 걸어갔던 것일까?

영화 〈천일의 스캔들〉에 나오는 헨리 8세나 앤 불린에게 있어서 행복했던 순간은 그리 많지 않았다. 물론 그들의 후손이 위대한 영국을 만들어 낸 것은 사실이지만, 자신들의 삶은 결코 순탄하지 못했다. 한때는 사랑했던 사람을 시간이 조금 지나 자신의 마음이 바뀌었다고 해서 미워하고, 쫓아내고, 심지어 목숨까지 없애 버리는 것이 아무렇지도 않은 것일까? 그러한 일들을 반복할 수 있는 것은 어떻게 가능했던 것일까?

앤 볼린이 조금만 덜 욕심을 부리지 않았다면 그렇게 일찍 자신의 목숨이 사라지지는 않았을 것이다. 아무리 권력이나 명예가 중요하지만 그렇게 허무하게 끝나버릴 것을 위해 그 모든 것을 바쳐야 했던 것일까?

31. 베니스의 상인

〈베니스의 상인〉은 인간의 미움과 무시 그리고 편견이 증폭되어 말도 안 되는 일로 비화될 수 있는 것을 보여주는 이야기이다.

베니스의 상인인 안토니오는 친구 바사니오로부터 부잣집 딸인 포셔에게 구혼하기 위해 3,000두카트에 해당하는 돈을 구해달라는 부탁을 받는다. 안토니오는 유대인 고리대금업자 샤일록에게 돈을 빌리는데, 샤일록은 안토니오에게 이자를 받지 않는 대신, 날짜 안에 돈을 갚고 그렇지 못하면 안토니오의 심장에서 가장 가까운 살 1파운드를 제공한다는 증서를 받는다.

샤일록은 왜 안토니오에게 돈을 못 받으면 살 1파운드를 받는 조건을 제시했을까?

"샤일록: 아첨하는 세리를 꼭 닮았군! 그자가 기독교인이라서 딱 질색이야. 더군다나 미천하고 어리석게도 돈을 공짜로 빌려줘서 이곳 베니스에서 우리들의 대금업 이자율을 떨어뜨려 놓으니 더욱 그럴 수밖에. 그가 어려움에 처하기만 하면 쌓인 원한을 톡톡히 갚아 주어야지. 그는 성스러운 우리 민족을 미워하고, 심지어 상인들이 가장 많이 모이는 곳에서 내 자신과 내 사업과 나의 정당한 이득을 고리대금업이라고 욕해댄다. 내가 그런 자를 용서

한다면 내 유대 종족에 천벌이 내릴 것이다!"

"안토니오 : 여보게 비사니오, 이거 좀 보게. 저 악마가 제멋대로 성경을 잘도 인용하는군. 성경을 내세우는 사악한 영혼은 웃는 얼굴을 한 악당이나 마찬가지야. 속은 썩었는데 겉만 번질거리는 사과처럼 말이야. 아 가짜가 겉모습은 이렇게도 그럴싸하단 말인가! 난 앞으로도 당신을 그렇게 부를 거고 또 그대에게 침을 뱉을 거고, 그대에게 발길질을 할 것이오."

아무런 이유 없이 다른 사람의 피해를 원하는 경우는 없다. 샤일록이나 안토니오 둘은 서로 상대를 인정하지 않았고, 이로 인해 사이가 좋을 수 없었다. 기독교인인 안토니오와 유대교인 샤일록 사이에는 종교라는 또 다른 벽이 가로막혀 있었다. 서로 자신이 옳다고 생각하는 그 편견 또한 그들을 다투게 할 수밖에 없었다.

안토니오는 자신의 상선이 돌아오면 충분히 돈을 갚을 수 있을 것이라 생각했지만, 오기로 예정되었던 상선이 모두 침몰했다는 소식을 전해진다. 설상가상으로 샤일록의 딸 제시카가 아버지의 재산을 훔쳐 바사니오의 친구인 로렌조와 도망가고 이에 정신적으로 괴로웠던 샤일록은 안토니오에게 계약대로 살 1파운드를 요구한다.

이리하여 안토니오, 바사니오, 샤일록은 재판을 벌이게 되는데, 재판관은 샤일록에게 자비를 베풀어 돈으로 빚들 받아 가라고 제안하지만, 샤일록은 이를 거절한다. 바사니오 또한 안토니오가

빌린 돈의 세 배를 주겠으니 하지만 샤일록은 계약서대로 할 것을 주장한다.

"샤일록 : 죽는 한이 있어도 계약서대로 하겠소! 나는 법대로 내 계약서에 명시된 벌금과 위약금을 원하오."

샤일록은 나름대로 안토니오에 대한 마음의 상처가 깊었다. 돈으로 충분히 보상받을 수 있었지만, 그가 받은 상처는 안토니오에 대한 미움으로 인해 치유되지 못했다.

이에 재판관은 계약서는 정당하며 이를 지키지 못했으므로 샤일록의 주장을 받아들인다. 샤일록이 칼을 들고 안토니오에게 다가가 살을 베려는 순간, 재판관은 샤일록에게 계약서에는 오로지 살만 적혀 있을 뿐, 피라는 단어는 없으니 살을 가져가되 피를 내서는 안 되며, 피를 한 방울이라도 흘리면 샤일록은 모든 재산을 몰수당하고 사형에 처해진다고 선언한다.

"포셔 : 잠깐 기다리시오, 얘기가 끝나지 않았소. 이 계약서에 따르면 당신은 피를 한 방울도 흘려서는 안 되오. 살 1파운드라고만 거기엔 쓰여 있소. 그러니 계약에 따라 살 1파운드를 떼어가시오. 그러나 살을 떼어내느라고 기독교인의 피 한 방울이라도 흘리는 날에는 당신의 땅과 재산이 베니스의 법률에 의해서 국가의 소유로 몰수될 것입니다."

샤일록은 어떻게 살만 도려내고 피를 흘리지 않게 할 수 있냐고 반문하지만, 재판관은 당신이 원하는 대로 엄격하게 법을 적용한 것이라 말한다. 게다가 정확하게 1파운드여야 하며, 조금이라도 차이가 있으며 안된다고 말한다.

결국 샤일록은 안토니오의 살을 포기하고 돈으로 받아 가겠다고 한 걸음 뒤로 물러서지만, 재판관은 이미 판결을 냈으며 이를 이행하지 않으면 처벌하겠다고 한다.

"안토니오 : 공작 각하와 법정의 다른 모든 사람들이 좋다면 그의 재산의 절반을 몰수하지 않고 벌금형만 내려 주셨으면 합니다. 나머지 절반은 제가 위탁하고 있다가 저 사람이 죽게 되면 얼마 전에 그의 딸을 훔친 그 양반에게 그 재산을 양도하는데 그가 동의한다는 조건으로 말입니다. 두 가지 조건이 더 있습니다. 하나는 이러한 호의의 대가로 그가 즉시 기독교인으로 개종하는 것이고, 다른 하나는 그가 죽을 때 전 재산을 그의 사위 로렌조와 딸에게 양도한다는 양도증서를 이곳 법정에서 쓰는 것입니다."

결국 샤일록은 패소하여 재산의 절반은 국가에 몰수당하고 나머지 절반은 안토니오에게 피해 보상으로 넘겨주게 된다. 안토니오는 재판관에게 재산몰수형을 철회하도록 간청하고, 자신이 피해 보상으로 받을 샤일록의 재산 절반도 샤일록의 딸 제시카가 로렌조와 결혼하는 자금으로 주겠으니, 대신 샤일록이 기독교로 개종하고 죽은 뒤 재산을 제시카와 로렌조에게 상속할 것을 약속하게 한다. 이에 샤일록은 할 수 없이 모든 조건을 받아들이기로 하고 재판장을 힘없이 걸어 나온다.

기독교인이었던 안토니오의 유대인 샤일록에 대한 편견과 무시는 샤일록에게 커다란 상처가 되었고, 이 상처는 미움으로 발전하게 된다. 그 미움이 돈을 매개로 한 복수를 낳게 만들었다. 안토니오나 샤일록이 서로 상대를 조금만 더 인정했더라면 그러한 비극은 발생하지 않았을 것이다.

재판에서 안토니오가 샤일록을 개종시키고 이겼지만, 그의 인생은 성공한 인생이 아닐 것이다. 자신이 갚아야 할 빚도 갚지 않은 채 그 사람의 인생을 망하게 한 것은 결코 성공이 아니다. 재판에 이겼어도 당연히 안토니오는 샤일록의 빚을 갚아야 했다.

상대를 일방적으로 허물어뜨리는 것이 절대 승리라고 할 수 없다. 당장은 좋을지 모르나 그 또한 나중에 어떤 일을 당할지 알 수 없다. 샤일록도 마찬가지로 자신을 무시한 사람이라고 하여 미움과 복수로만 그를 대했기에 그가 가지고 있었던 모든 것을 잃을 수밖에 없었다. 차라리 미워한 것으로 그치고 더 이상 복수를 하지 않았다면 좋았을지도 모른다. 그의 변하지 않는 아집이 그의 삶을 허물어뜨린 것일 수도 있다.

우리는 살아가면서 별것도 아닌 것으로 인해 오해하고 미워하고 증오하다 인생의 돌이킬 수 없는 길로 가는 경우가 있다. 자아가 강할수록 그런 경향이 크다. 이는 타인을 받아들이지 못하고 인정하지 않기에 생긴다. 다른 사람의 형편을 조금만 더 생각한다면, 그의 사정을 조금만 더 이해하려 노력한다면 훨씬 더 좋은 선택을 할 수 있을 텐데 그렇지 못하는 경우가 너무나 많다. 어쩌면 우리 모두가 안토니오나 샤일록 같은 베니스의 상인일지도 모른다.

32. 진주 귀걸이를 한 소녀

암스테르담에서 남서쪽으로 기차로 한 시간 정도 가면 델프트라는 도시가 있다. 이곳은 유명한 도자기인 로얄 델프트의 본고장이다. 영화 〈진주 귀걸이를 한 소녀〉는 이 곳 델프트를 배경으로 17세기에 활동했던 네덜란드의 화가 요하네스 베르 메르와 한 소녀에 관한 영화다.

아버지는 시각장애인이고 어머니는 경제적으로 능력이 없어 가난했던 그리트(스칼렛 요한슨)는 화가 베르 메르(콜린 퍼스)의 하녀로 일하게 된다. 힘든 일에도 불구하고 묵묵히 자신의 할 일을 하던 그리트는 푸줏간 청년 피터(킬리언 머피)와도 친해지기 시작한다.

어느 날 베르 메르의 화실을 정리하던 그리트는 잠시 그의 모델이 되어 포즈를 취하는데, 이때 그리트는 베르 메르에게 묘한 감정을 느낀다. 베르 메르 또한 그녀의 신비한 분위기에 끌려 그녀를 모델로 세우려 했고 그녀가 미술을 어느 정도 이해한다는 것을 알게 된다.

모델을 하며 시간이 흐르면서 그녀는 베르 메르에 대한 알 수 없는 감정을 느끼고 베르 메르 또한 그녀를 모델로 한 그림에 몰입을 하게 된다.

어느 날 베르 메르는 그리트가 자신의 아내의 진주 귀걸이를 하고 모델을 하면 더 나을 것 같다고 말하는데, 그리트는 주인인 베르 메르 아내의 귀걸이를 하는것에 두려움을 느낀다.

베르 메르는 아내 몰래 진주 귀걸이를 가져와 직접 그리트의 귀를 뚫어주고 진주 귀걸이를 한 그리트의 모습을 완성한다.

이 사실을 알게 된 베르 메르의 아내는 그리트를 집에서 쫓아내고 집으로 돌아온 그리트는 다시는 베르 메르에게 돌아가지 못한다. 오랜 시간이 지나 베르 메르 집안의 하녀가 그리트에게 무언가를 전해주는 데 그것은 베르 메르가 죽으면서 유언으로 남긴 진주귀걸이였다.

베르 메르는 그리트를 단순한 여인으로서의 사랑이 아닌 그림을 그릴 영감을 주는 뮤즈로서 그녀를 사랑했다. 그녀가 위험에 빠졌을 때 직접 나서 그녀를 도와 준것은 그녀를 진심으로 아꼈기에 가능한 것이다. 하지만 그 이상은 아니었다. 예술가로서의 베르 메르의 사랑은 지극히 순수했다. 아마 평범한 사람이었다면 그리트를 여성으로서 소유하고자 했을 것이다.

하지만 그리트는 베르 메르와 피터를 동시에 사랑한 것으로 보인다. 그리트의 베르 메르에 대한 사랑은 예술과 관계된 정신적 사랑이었고 피터에 대한 사랑은 육체적이고 본능적인 사랑이었다. 베르 메르는 그리트의 이러한 내면의 모습을 '진주 귀걸이를 한 소녀'의 그림에 정확하게 표현해 낼 수 있었다.

아마 베르 메르가 허락했다면 그리트는 그를 남자로서 육체적인 사랑도 시도했을지 모른다. 하지만 그리트는 베르 메르의 마음을 알고 있었고 그녀는 그 이상을 바라지 않았다. 그리트가 모델을 하다 베르 메르에게 묘한 감정을 느끼고 모델을 끝낸 후 피터에게 바로 달려가 그와 관계를 한 것을 보면 이를 간접적으로 알 수 있다.

그리트는 베르 메르에게 정신적 사랑에 빠졌고 모델을 하면서 그에 대한 터질것 같은 감정을 참을 수 없었기에 그녀는 피터에게 달려가 이를 해소한 것이었다. 베르 메르는 예술가로서 그리트를 사랑했고 그리트는 예술가인 베르 메르와 피터를 동시에 사랑했던 것이다.

베르 메르의 그림 '진주 귀걸이를 한 소녀'가 가치가 있는 이유는 바로 이러한 것 때문이 아닐까 싶다. 지순한 예술적 사랑과 본능적 사랑의 동시성이 이 그림에 스며 있기 때문이다.

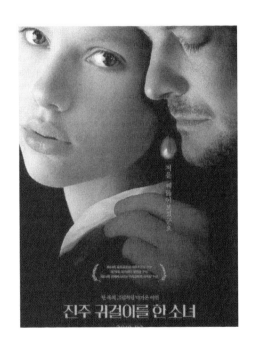

진주 귀걸이를 한 소녀

33. 아메리칸 셰프

〈아메리칸 셰프〉는 사실 한국교포 로이 최(Roi Choi)의 실화를 바탕으로 한 영화다. 물론 각본을 만드는 과정에서 각색이 많이 되기는 했지만, 로이 최의 푸드 트럭 성공기를 그대로 담고 있다. 로이 최는 이미 크게 성공을 거둔 후였고 이 영화의 공동제작자로 참여하기도 했다. 영화 엔딩 크레딧 마지막 부문에 보면 로이 최가 감독 겸 주인공인 칼 캐스퍼(존 파브르)에게 직접 요리를 가르쳐 주는 장면이 나오기도 한다.

실제로 로이 최는 셰프로서 자신이 하고 싶은 요리를 하지 못한 채 일반 레스토랑에서 설움을 받다가, 자신의 창의성에 대한 열정에 사로잡혀 혼자 푸드 트럭을 하기 시작한다. 미국에서 푸드 트럭은 가장 싼 길거리 음식으로 핫도그나 샌드위치 정도를 파는 생계유지용 사업이다. 실제 로이 최는 2008년 경 LA에서 개당 2달러 정도 하는 코리아 바비큐 타코를 파는 Kogi BBQ truck을 운영하기 시작했다. 그의 푸드 트럭은 맛있다는 입소문이 퍼지기 시작했고, 이때 마침 유행하기 시작한 SNS를 적절히 이용해 엄청난 성공을 거둔다. 그는 이러한 성공을 바탕으로 미국의 글로벌 브랜드인 'Dole'과 손잡고 생과일 스무드 등 음료와 스낵을 판

매하는 '3 Worlds Cafe' 사업도 성공시켰다. 그러한 결과를 바탕으로 그는 샌프란시스코에 크라우드 펀딩을 통해 12만 불을 모금하여 정식 레스토랑도 오픈했다. 레스토랑 주인에게 받았던 설움을 떨치고 레스토랑의 오너가 된 것이다.

2016년 그는 시사주간지 TIME인 선정한 '세계에서 가장 영향력 있는 100인'으로도 선정되었다. 많은 사람들은 로이 최가 어떻게 이 리스트에 선정되었는지 의구심을 품기도 하였다. 하지만 시대의 흐름을 보면 그 선정이유는 너무나 명확하다. 바로 SNS 시대를 사업에 이용한 기가 막힌 아이디어로 시대를 앞서가는 대표적인 예가 되었던 것이다. 그 후로 미국의 모든 분야의 사업체에서는 자신들의 마케팅에 SNS를 적극적으로 활용하기 시작한다.

로이 최는 큰돈을 들이지 않고도 비즈니스를 창업할 수 있고, 소셜미디어를 마케팅에 적극적으로 사용할 수 있다는 것을 보여줌으로써 이 분야에서 선구자적인 역할을 했다고 높이 평가 받았던 것이다.

그의 성공은 매스 미디어로도 이어져 '브로큰 브레드'의 메인 호스트로 발탁되어 미국 전역으로 방송되기도 하였다. 브로큰 브레드 시즌 1은 2020년 에미상과 제임스 비어드상마저 수상하게 된다.

이 프로그램이 많은 사람들에게 공감을 일으킨 것은 레스토랑 주인과 레스토랑을 이용하는 고객들의 식당 노동자들에 대한 착취를 여과 없이 보여준 이유 때문이기도 하다. 게다가 음식으로 인해 사람들이 느끼는 행복을 카메라에 담았다. 어쩌면 이 프로그램은 식당 안에서 일어나는 삶에 대한 진실된 면을 정면으로 이야기하는 프로그램일지도 모른다. 물론 이 프로그램에는 음식에 대한 레시피와 유머도 있기는 하지만, 그것만으로는 에미상을 수상할 수준이 되지는 않았을 것이다.

영화에서 주인공 칼 캐스퍼는 고급 레스토랑의 수석 셰프였다. 항상 음식에 대한 창의력이 용솟음치는 그는 매일 새로운 요리를 도전하여 이것으로 고객들에게 행복을 주고 싶었지만, 레스토랑 주인은 새로운 도전은 리스크가 있다고 하여 그의 주장을 묵살한다. 하지만 그는 갇힌 세계에서 만족하지 못하는 성격이었고, 게다가 음식 비평가인 램지 미첼(올리버 플랫)과의 마찰로 인해 레스토랑에서 해고되고 만다.

가진 것이 아무것도 없었기에 그가 선택한 것은 아주 오래된 트럭을 개조하여 푸드 트럭을 만들어 가장 가격이 저렴한 핫도그나 샌드위치, 그리고 멕시칸 타코를 파는 것이었다. 레스토랑에서 함께 일하던 마틴(존 레귀자)은 레스토랑을 나와 칼을 도와주려고 합류한다. 그리고 칼의 어린 아들은 마침 방학이기에 푸드 트럭을 따라다니며 아빠를 도와주게 된다. 아빠의 요리실력과 아들의 트위터 실력은 엄청난 시너지 효과를 일으키며 그들의 푸드 트럭은 가는 곳마다 선풍적인 인기를 끌게 된다.

플로리다의 마이애미에서 시작한 그들의 푸드 트럭은 미국 대륙을 횡단하며 자신들의 고향인 캘리포니아까지 오는 동안 엄청난 성공을 거두게 된다. 사업적인 성공뿐만 아니라 아버지인 칼 캐스퍼와 아들인 퍼시는 한배를 탄 공동운명체로서 서로에 대한 진한 사랑을 가슴 깊이 느끼게 된다. 그리고 결국 칼 캐스퍼는 꿈에 그리던 자신의 레스토랑을 오픈하게 된다. 어쩌면 너무나 뻔한 영화의 성공스토리일지는 모르나 자신만의 요리 세계를 꿈꾸었던 그의 꿈이 실현되는 모습은 보는 이의 가슴에 위로가 될 수밖에 없다.

아빠인 칼은 퍼시에게 이렇게 말한다.

"우린 정말 즐거운 시간을 함께 보냈어. 아무도 그걸 우리한테서 빼앗아 갈 순 없어. 우리가 함께 경험했던 것들 말이야."

즐거운 시간을 함께 보냈다는 말이 얼마나 감동적이며 힘든 것인지 아는 사람은 아마 알 것이다. 우리는 오늘을 사랑하는 사람과 즐거운 시간을 보내고 있는 것일까? 칼 캐스퍼의 진정한 성공은 다른 것보다 이러한 사실을 직접 경험한 것이 아닐까? 그는 무엇이 소중한 것인지를 알기에 이제는 더 이상 실패하지 않기 위해서 정말 자신의 최선을 다해 살아가지 않을까? 그것이 바로 영화 〈아메리칸 셰프〉가 말하고자 하는 것이 아닐까?

사진의 오른쪽 끝 모자를 쓴 사람이 로이 최이다

34. 원 데이

　엠마와 덱스터는 뻔히 사랑인 줄 알면서도 왜 서로 어긋났던 것일까? 그렇게 조금씩 어긋나다가 다른 사람을 만나 결혼을 하게 되고, 결혼을 하고 나서도 서로에 대한 마음을 속이지도 못한 채, 결국 이제는 때가 되었나 싶었는데, 시간은 기다려 주지 않은 채 엠마는 세상을 떠나고 만다.

　"Whatever happens tomorrow, we've had today"

　영화 〈원 데이(One day)〉는 엠마(앤 헤서웨이)와 덱스터(짐 스터게스)의 아름답지만 가슴 아픈 사랑 이야기이다.

　엠마는 마음속에 오로지 덱스터가 있었지만, 그에게 주저하느라 더 다가가지 못한다. 아름답지만 이루지 못할 사랑이었는지도 모른다. 그들은 20년이란 긴 세월 동안, 그들이 서로의 마음을 알게 된 7월 15일에 매년 만나려고 노력한다. 하지만 세월은 그들에게 많은 일들이 일어나게 하고, 서로의 사랑이 닿을 듯하면서도 닿지 못한 채 조금씩 어긋나, 인연으로부터 멀어지게 된다.

　결혼을 해서 아이까지 갖게 된 덱스터, 그의 아내가 다른 남자와 서슴지 않고 불륜을 해도 덱스터는 그리 연연해하지 않는다. 덱스터의 마음 깊은 곳에 엠마가 자리 잡고 있어서 그런 것일까?

엠마 또한 그에게 다가오는 남자를 거부하지는 않는다. 같은 집에서 동거를 하지만 그녀의 마음속에는 덱스터로 가득할 뿐이다.

마주해야 할 사랑을 하지 못했기에 그들의 삶은 굴곡이 있을 수밖에 없었다. 답답하기도 하고, 그리움에 사무치기도 하고, 갑자기 서로에게 달려가고 싶기도 하지만, 그들의 사랑은 그렇게 쉽게 서로에게 온전히 안겨지지 않았다.

엠마는 덱스터에게 향한 그녀의 마음을 감내해 내려 노력하지만, 시간이 흐를수록 힘든 마음에 지쳐버리고 만다.

"너를 좋아하는 게 너무나 힘들어." 엠마는 덱스터에게 그렇게 소리쳐버리고 만다. 진실했던 덱스터를 향한 마음이 조금씩 무덤덤해지기 시작할 때, 이제는 덱스터가 엠마를 향한 마음에 사무치게 된다. 그들의 사랑은 그렇게 다시 어긋나는 것이었다.

많은 세월이 흘렀기에 그들의 사랑은 더 이상 희망이 없어 보였지만, 엠마의 덱스터를 향한 순수한 마음은 그 오랜 세월이 흘러도 변하지 않았기에 이제 어긋났던 그 모든 것이 제대로 되어갈 것이라 희망할 수 있었다.

하지만 운명은 그들의 사랑을 시샘이라도 하듯, 엠마를 저 하늘나라로 떠나가게 만든다. 그들의 사랑이 이제는 어긋나지 않을 수 있게 되었지만, 시간은 그들의 편이 아니었던 것이다.

우리들이 살아왔던 그 어느 하루가 얼마나 소중하고 또한 영원히 돌아오지 않는 것이란 사실을 그들의 사랑으로부터 알 수 있었다. 이제는 사랑하고 싶어도 할 수 없고, 무언가를 해주고 싶어도 해줄 수가 없는 것이었다.

사랑할 수 있는 단 하루도 이제는 주어지지 않기에 그 하루(one day)는 영원히 돌아올 수 없는 과거의 하루에 불과할 뿐이었다.

35. 엘리자베스

헨리 8세가 죽은 후 영국은 구교와 신교의 대립이 극에 달했다. 한쪽이 살아남기 위해서는 다른 쪽을 죽여야만 할 정도였다. 인간에 대한 사랑이 가장 중요한 교리일진대 그러한 것은 전혀 찾아볼 수가 없었다. 종교라는 신념으로 무장된 극히 편협한 가치관은 자신들의 생각과 다르다는 이유로 이단이라 간주하여 살아 있는 사람을 밧줄로 묶은 채 수많은 사람이 보는 앞에서 불에 태워 죽였다.

구교를 대표로 했던 메리 여왕의 건강이 극도로 나빠지자, 구교 세력들은 다음 왕위 세습권자이자 신교도인 엘리자베스를 없애기 위해 모든 수단과 방법을 가리지 않았다. 영화 〈엘리자베스〉는 이러한 종교의 대립 가운데 자신을 지지하는 세력 하나 없이 왕이 된 엘리자베스 여왕이 어떻게 그녀의 자리를 지켜나갔는지에 대한 실화를 바탕으로 한 영화다.

메리 여왕이 죽기 전 구교도의 모함으로 엘리자베스(케이트 블랑쉬)는 런던탑에 갇혀 사형에 당할 위기에 처하게 되는데 그녀의 언니였던 메리 여왕은 비록 배다른 동생이었지만, 엘리자베스에게 차마 사형 명령을 내리지는 못한 채 죽고 만다. 목숨을 건진 엘리자베스는 왕위 승계 서열에 의해 메리 여왕의 뒤를 이어 엘리자베스 여왕이 된다.

엘리자베스가 여왕이 된 후에도 강력한 구교세력들은 그녀를 몰락시키기 위해 모든 수단을 동원한다. 그녀가 사랑했던 로버트 더들리(조셉 피네스)와 헤어지고 정략적인 결혼을 강요받는다. 또한 노픽(크리스토퍼 에클리스턴)은 왕실을 뒤엎고 스스로 권력을 찬탈하려는 계획도 세우게 된다.

당시 영국은 프랑스나 스페인보다 약소국가였기에 왕실 간의 결혼을 통해 국가의 힘을 보완하는 것이 하나의 방책이었다. 영국을 위해 엘리자베스는 죽은 메리 여왕의 남편이었던 스페인의 필립 공이나 프랑스 여왕의 조카 앙주공 중 한 명을 선택해 결혼을 해야 하는 운명이었다.

이즈음 프랑스의 여왕이었던 메리는 스코틀랜드에 병력을 집결시켜 영국과 전투를 벌여 승리를 얻게 된다. 치욕적인 패배를 당한 엘리자베스는 영국이 살아남기 위해서는 스스로의 힘을 길러야 한다는 것을 깨닫기 시작하게 되고, 그 누구와도 정략적인 결혼을 하지 않기로 마음먹고 모든 청혼을 거부한다.

이로 인해 엘리자베스는 다른 세력으로부터 암살의 위기에 처하게 되고, 죽음 직전에서 살아남는다. 이 모든 어려움으로부터 위안을 받기 위해 공주 시절부터 진심으로 사랑했던 더들리에게 의지하나, 더들리는 여왕과의 결혼을 위해 자신이 유부남이었다는 것마저 숨긴 사기꾼에 불과했었다. 이 사실을 알게 된 엘리자베스는 엄청난 충격에 빠지게 되고, 주위에 있는 모든 사람을 믿지 않고 오로지 묵묵히 자신을 지지해 왔던 월싱엄을 의지하게 된다.

월싱엄은 엘리자베스 여왕을 지키기 위해 자신의 모든 것을 동원하여 엘리자베스 여왕의 반대 세력들을 하나씩 제거해 나가기 시작한다. 구교세력의 핵심 주교를 비롯, 직접 프랑스 여왕에서 특사 형식으로 방문하여 그녀를 유혹한 후 잠자리에서 프랑스 여왕의 목숨을 빼앗는다. 또한 영국 최대 권력자였던 노픽마저 스스로 함정에 빠지게 만들어 그 세력들을 모두 제거해 버린다.

엘리자베스 여왕은 월싱엄의 도움으로 자신의 지위를 지킬 수 있게 되었고, 그동안 자신이 믿고 사랑했던 사람들로부터의 배신에 치를 떨며 자신은 더 이상 어떤 남자와도 관계를 맺지 않을 것이며, 오로지 영국과 결혼한다고 선포하기에 이른다.

엘리자베스 여왕은 자신의 약속을 지켜 이후 40년 동안 독신으로 살면서 강한 영국을 만드는 데 있어 자신의 모든 것을 바친다. 영국은 엘리자베스 여왕 이후 세계에서 가장 강력한 국가로 발돋움하기에 이르렀고, 월싱엄은 엘리자베스 여왕에게 끝까지 충성을 다한다.

우리는 누구를 믿어야 하는 것일까? 나와 가까웠던 사람이 언제든지 나를 배신할 수도 있고, 나에게 커다란 해를 끼칠 수도 있다. 한때 마음을 주고받았던 사람들끼리도 어느 날 갑자기 서로 죽도록 미워하고 증오하게 되기도 한다.

삶은 어쩌면 결국 혼자밖에 남지 않는 것인지도 모른다. 자신이 강하지 않으면 설 자리가 없어질지 수도 있다. 그 누구를 의지하거나 믿는다는 것은 어쩌면 자신의 나약함을 보완하려는 것에 불과하며, 스스로 자신의 길을 개척할 수 없기에 남들의 도움을 바라기만 하는 것일 수도 있다.

엘리자베스 여왕은 오로지 자신만을 믿기로 했던 것은 아닐까? 그러기에 그 오랜 세월을 홀로 살아가며 철저히 자신의 자리를 지킬 수 있었던 것일까?

영화 〈엘리자베스〉를 보면 내가 스스로 서지 못한다면 언젠가는 무너질 수밖에 없고, 그러한 능력을 키우는 것만이 오늘 내가 해야 할 일라는 생각이 든다.

36. 핵소 고지

데스몬드 도스는 미군 역사상 최초의 양심적 병역거부자였다. 그는 제7일 안식일 예수 재림 교회 신자였다. 1941년 일본의 진주만 공습 이후 미국의 세계 2차 대전 참전 확대로 데스몬드 역시 1942년 1일 입대하게 된다.

〈핵소 고지〉는 세계 2차 대전에 참전한 데스몬드 도스의 실화를 바탕으로 한 영화다. 인류 역사상 가장 잔인했던 세계 제2차 대전에서 집총거부를 하는 그에게 어떤 일이 일어났을까?

데스몬드(앤드류 가필드)는 군인이 되어서도 살인 금지에 대한 계명과 안식일을 철저히 지키고자 했다. 그에게 있어서 교리는 그 어떤 것과도 바꿀 수 없는 절대적 진리였다. 훈련 과정부터 그는 사람을 죽이는 살인 무기인 총을 절대 손으로 들지 않았다. 훈련이나 전쟁에서 다른 일을 할 수는 있어도 사람 목숨을 앗아가는 행위는 거부했다. 안식일에는 주말 훈련도 거부했다.

그는 곧 그가 속한 부대의 최고 문제아가 되었다. 동료들과 상관은 여지없이 그를 가혹행위를 비롯한 커다란 고통으로 몰아세웠지만, 그의 의지를 꺾을 수는 없었다. 결국 그는 군사 법정에 서게 된다.

데스몬드가 선 군사 법정에 그의 아버지가 홀연히 나타난다. 그의 아버지는 제1차 세계 대전에서 가장 악명 높은 전투에 참전했고, 수많은 전우들을 잃었다. 그때의 정신적 충격은 그에게 커다란 트라우마로 남게 되었고, 거의 반폐인이 되다시피 했었다. 전쟁이 끝나 집에 돌아왔어도 폭력적인 생활이 이어졌고, 이런 아버지의 모습을 어릴 때부터 보아온 데스몬스는 아버지처럼 되지 않으려 종교에 귀의하였고, 집총거부에 대한 마음을 가지게 되던 것이다.

데스몬드의 아버지는 아들을 위해 워싱턴 DC의 군 수뇌부를 찾아간다. 그곳에서 현역 준장인 군수 사령관 머스그로브를 만나 아들이 집총은 하지 않더라도 다른 방법으로 군대 의무를 할 수 있게 해달라고 부탁한다. 머스그로브 군수 사령관은 세계 1차 대전 당시 데스몬드의 아버지와 전투 현장에서 함께 생사를 같이한 동료였었다.

이에 데스몬드는 집총을 하지 않는 대신 전투 현장에서 의무병으로 복무하라는 명령이 내려진다. 이후 데스몬드는 총을 전혀 들지 않은 채 전쟁의 한 복판에서 부상당한 동료들을 응급처치하고 후송하는 임무를 수행하기 시작한다.

데스몬드가 속해 있었던 부대는 미 육군 제77보병사단으로 미군 최정예부대 중 하나였고, 마침내 핵소 고지(Hacksaw Ridge)로 임무를 부여받아 가게 된다. 이곳은 제2차 세계 대전 당시 오키나와 전투의 최대 격전지였다. 살아남을 확률이 거의 없는 이

곳 전투 현장에서 데스몬드는 총을 들지도 않은 상태에서 자신의 임무를 철저히 수행한다. 총알과 포탄에 의해 수없이 죽어 나가는 동료들을 구하기 위해 총알이 날아다니는 그 전투 현장에서 데스몬드는 사력을 다해 동료들을 구하려 자신의 모든 것을 바친다.

집총도 하지 않은 채 데스몬드는 생사가 오가는 그 위험한 전투 현장에서 무려 75명의 동료들의 목숨을 구해내게 된다. 데스몬드의 철저한 희생정신이 없었다면 그들 대부분은 그 전장에서 세상을 떠날 운명이었을지도 모른다. 훗날 이 사실이 군 수뇌부에 알려져 데스몬드는 미국 최고 훈장 중 하나인 명예 훈장을 수여받는다.

세계 2차 대전 당시 양심적 병역거부를 주장한다는 것은 실로 상상할 수도 없는 일이었다. 데스몬드 자신도 그 주장이 어떠한 상황을 몰고 올지 모르지는 않았을 것이다. 엄청난 파장이 기다리고 있다는 것이, 자신에게 어떠한 압력이 내려질지 본인도 충분히 인식하였을 것이다. 사회의 인습과 관습이 얼마나 무서운지 모르지도 않았을 것이다. 그러한 모든 것에도 불구하고 자신의 양심대로 행동한다는 것은 보통 용기가 아니면 불가능하다.

양심적 병역 거부에 대한 논란은 아마 영원히 계속될지 모른다. 우리나라도 종교에 의한 집총거부가 얼마 전 헌법재판소에서 위헌으로 결정되어 대체 복무가 가능해졌다. 이유가 어찌 되었건 데스몬드의 자기 양심에 따른 용기는 실로 대단하다는 것을 인정하지 않을 수는 없다는 생각이 든다.

37. 빠삐용

영화 〈빠삐용〉은 앙리 샤리에르가 직접 경험한 자신의 이야기를 쓴 소설을 영화화한 작품이다. 어릴 적 스티브 맥퀸과 더스틴 호프만이 주연한 이 영화를 보았을 때 너무나 인상이 깊어 지금까지도 영화의 많은 장면이 뇌리에 남아 있다.

영화에서 빠삐용(스티브 맥퀸)은 금고털이의 죄를 범하기는 했다. 하지만 그는 사람을 죽였다는 누명을 쓰고 당시 프랑스 식민지였던 기아나로 보내진다. 빠삐용은 자신의 무죄를 주장했지만, 재판부는 받아주지 않는다.

기아나로 가는 뱃속에서 위조지폐범이면서 부자였던 드가(더스틴 호프만)를 만나게 된다. 배에서 빠삐용은 드가에게 탈출을 하기 위한 돈을 받는 대신 허약했던 드가를 보호해준다는 약속을 한다. 드가는 자신의 아내가 많은 돈을 써서라도 자신을 감옥에서 꺼내줄 것이라 믿고 있었다.

징역을 살던 중, 같은 동료였던 줄로가 탈출을 하는 과정에서 교도관을 살해하는데, 그 시체를 드가와 빠삐용이 옮기는 중, 마음이 약했던 드가는 갑자기 정신적 충격을 받아 교도관의 말을 전혀 듣지 않는 상태가 되고, 이를 도우려던 빠삐용은 교도관을 돌로 때린 후 도망을 친다. 하지만 얼마 못 가 빠삐용은 붙잡히게 되고, 2년간의 독방 신세를 진다.

자신을 구하기 위해 독방에 갇힌 빠삐용에 대해 고마움을 느낀 드가는 빠삐용에게 코코넛을 정기적으로 넣어주고, 이것을 먹으며 빠삐용은 독방에서 버티게 된다. 이를 알게 된 소장은 빠삐용에게 식사를 절반으로 줄이고, 모든 햇빛도 차단한 채 24시간 어두운 감방에서 지내게 만든다. 소장은 누가 코코넛을 넣어 주었는지 말을 하면 고기가 들어간 수프를 주겠다고 하지만, 빠삐용은 절대로 드가의 이름을 대지 않는다. 드가는 이 일로 빠삐용을 신뢰하게 되고, 이후 드가는 빠삐용을 위해 그가 도움을 줄 수 있는 것은 모두 도와주려고 노력한다.

독방에서 나온 빠삐용은 다시 탈옥을 감행해 바닥에 구멍이 난 배로 폭풍우를 넘어 콜롬비아의 조그만 섬에 도착한다. 그곳은 천주교 신부들과 원주민들만 살고 있었다. 신부는 빠삐용에게 신을 믿고 회개하면 죄는 사라진다고 하지만, 빠삐용은 신부의 말을 믿지 않는다. 신부의 고발로 빠삐용은 다시 붙잡혀 5년 동안의 독방에서 지내게 되고, 이후 악마의 섬이라는 곳으로 보내진다. 그 섬은 어떤 누구도 탈출을 할 수 없는 파도가 거센 바다 한복판에 있는 섬이었다.

악마의 섬에 도착해 보니 드가가 먼저 그곳에 와 있었다. 지난 탈옥으로 인해 드가는 악마의 섬에서 죽을 때까지 나오지 못하는 형을 받았다. 드가는 자신의 아내가 감옥에서 꺼내 줄 것이라 믿고 있었지만, 드가의 아내는 젊은 남자와 불륜에 빠졌고, 이후 드가의 돈을 모두 자신의 것을 만든 후 그 젊은 남자와 살게 되었다. 이러한 사실을 알게 된 드가는 모든 것을 포기한 채, 자신과 타협하여 악마의 섬에서 평생 살다가 죽을 생각으로 나름대로 집도 짓고, 조그만 농사와 가축까지 키우고 있었다.

악마의 섬은 바다 한가운데 있는 완전히 고립된 곳이었고, 사방이 모두 높은 절벽이기에 바다에 들어가려면 절벽 아래로 뛰어내리는 방법밖에 없었다. 또한 해류가 너무 자주 바뀌기에 감히 해류를 타고 악마의 섬을 벗어날 엄두를 낼 수가 없는 상황이었다.

하지만 빠삐용은 매일 해류를 관찰하며 탈옥의 계획을 세우게 된다. 해류의 규칙성을 파악한 빠삐용은 자신 나름대로의 해법을 찾아낸 후 뗏목을 만든다. 드가에게 함께 탈출하자고 하지만, 드가는 이미 자기 아내는 자기를 버렸고, 탈출을 해도 갈 데도 없으며, 탈출이 성공할 것이라는 보장도 없고, 탈출을 하다 실패를 하면 사형을 당할 수도 있을 것이라는 생각에 빠삐용과 함께 하지는 않는다.

모든 악조건에도 불구하고 빠삐용은 드가에게 작별 인사를 하고 뗏목을 바다에 던진 후 조류를 타기 위해 절벽에서 뛰어내린다. 뗏목을 의지한 채 해류를 따라 악마의 섬에서 서서히 멀어져 가는 빠삐용을 드가는 절벽 위에서 바라보며 그의 탈옥이 성공되기를 기원한다.

주인공인 빠삐용은 계속된 실패에도 불구하고 왜 끊임없이 탈출을 했던 것일까? 독방 생활을 비롯해, 배고픔과 간수들의 폭행, 그 많은 고통과 괴로움으로 십수 년의 시간이 흘러 나이가 들어 힘도 없고 몸도 따라주지 않는데도 무슨 이유로 8번의 탈옥을 시도했던 것일까? 친구처럼 그냥 적당히 타협하여 살아갈 수는 없었던 것일까?

영화에서 빠삐용은 어느 날 꿈을 꾸는데 꿈에서 그는 사막 한가운데로 걸어가고 있었고, 저 멀리 맞은편에 재판관과 배심원이 앉아 있었다. 그는 평소처럼 결백을 주장하며 살인을 하지 않았다고 울부짖는다. 그러자 재판관은 "너에게는 분명히 죄가 있다. 네 죄는 인간이 저지를 수 있는 최악의 죄다. 그것은 인생을 낭비한 죄다"라고 말하며 유죄를 선고한다. 그토록 무죄임을 항변하던 그는 재판관의 말에 자신이 인생을 낭비해온 죄를 시인한다.

그가 열심히 살아오지 않았기에 그는 과거에 대한 미련이 남아 있었다. 보다 나은 삶을 살아갈 수도 있었건만, 자신의 게으름에 너무 많은 인생의 시간을 낭비해 버렸던 것이다.

하지만 살인죄가 아닌데도 불구하고 감옥에 갇힌 채 자신의 인생을 또다시 낭비하게 된다면, 그는 과거의 잘못을 회복할 기회마저 잃게 되고 만다는 것을 알았다.

미래의 내가 의미가 없이 살아가야만 하는 운명이라면, 현재의 나의 존재는 의미인 것일까? 현재 내가 살아가는 이유는 더욱 나은 나의 미래를 희망할 수 있기 때문일 것이다.

빠삐용이 실패를 거듭하면서도 탈출을 시도한 것은 미래의 자신을 위한 것이었는지도 모른다. 차라리 그의 친구(더스틴 호프만)처럼 아예 감옥에서 생을 마감할 생각으로 그저 하루하루 살아가는 것에 만족하는 것이 오히려 더 편안했을지 모른다. 하지만 빠삐용은 그의 현재의 모습보다는 미래의 자신을 위한 길에 확신이 있었기에 그렇게 힘들어도 탈출을 계속했던 것이 아닐까?

38. 폭풍의 언덕

영화 〈폭풍의 언덕〉은 영국 에밀리 브론테의 동명 소설을 영화화한 작품이다. 언니인 샬롯 브론테는 〈제인 에어〉로도 유명하다.

영화에서 언쇼씨 가족이 살고 있는 집은 언덕 위였다. 그 언덕엔 유난히 바람이 많이 불었다. 영국의 전형적인 날씨처럼 그 언덕엔 비도 자주 내렸다. 비가 내리는 날에 여지없이 폭풍이 불어닥쳤다.

거센 폭풍이 불던 어느 날 밤, 언쇼는 고아 소년인 히스클리프를 집으로 데려온다. 오갈 데 없이 혼자 거리를 배회하는 것이 불쌍해 그를 돌봐주기로 결정한다. 언쇼의 아들 힌들리는 아버지가 히스클리프에 대해 애정을 갖는 것에 대해 불만을 품으며 히스클리프를 미워한다. 딸 캐시는 운명처럼 히스클리프와 가까워지며 사랑에 빠진다.

어느 날 갑자기 언쇼가 세상을 떠나자, 힌들리는 아버지를 대신해 집안의 전권을 가지게 되고, 자신이 싫어했던 히스클리프를 학대하며 동생이 아닌 하인처럼 부려 먹는다. 힌들리의 무시와 경멸, 잦은 폭행에도 불구하고 히스클리프가 그 집을 떠나지 않는 이유는 캐시였다. 히스클리프 역시 캐시를 마음 깊은 곳에 품고 있었다.

시간이 지나 캐시가 나이가 들자, 캐시는 대저택의 아들인 에드가와 결혼하게 된다. 캐시는 자신의 진정한 사랑은 히스클리프임을 알면서도, 현실을 택한 것이었다. 이에 커다란 마음의 상처를 받은 히스클리프는 캐시를 떠난다.

히스클리프는 자신의 신분과 처지로 인해 사랑했던 캐시를 잃었다는 생각으로 몇 년 후 돈을 벌어 부자가 되어 돌아온다. 돌아온 히스클리프를 본 캐시는 충격에 빠지고, 사랑이 없는 자신의 결혼생활에 회의를 느끼게 된다.

히스클리프는 자신을 학대한 힌들리의 복수를 위해 일부러 힌들리 집에 머물고, 노름에 빠져 있던 힌들리는 결국 아버지로부터 물려받은 언덕 위의 집을 히스클리프에게 넘겨준다. 히스클리프는 캐시와의 아름다운 추억이 담긴 그 언덕을 소유할 수 있게 된다.

히스클리프는 자신을 사랑하면서도 돈과 명예를 위해 에드가를 선택한 캐시를 미워했지만, 마음 깊은 곳에 자리 잡은 캐시에 대한 사랑은 변함이 없었다. 한편 에드가의 여동생 이사벨라는 히스클리프를 본 후 그를 좋아하게 된다. 이사벨라와 히스클리프가 가까워지는 것을 알게 된 캐시는 또 다른 충격으로 병을 얻게 되고, 결국 세상을 떠나고 만다.

캐시의 죽음을 받아들일 수 없었던 히스클리프는 이미 땅에 묻혀 있는 캐시의 무덤을 파내 관을 꺼내려고 한다. 못질한 관이 열리지 않자, 히스클리프는 폭풍우 속에서 하늘을 보며 울부짖는데, 캐시의 영혼이 히스클리프에게 작별을 고하며 사라지는 것을 보게 된다.

히스클리프와 캐시의 사랑은 이루어질 수 없었지만 거부할 수 없는 운명적인 사랑이었다. 그 사랑이 어긋나면서 그들의 인생은 폭풍우 가득한 삶이 되어버렸다. 다른 사람을 만나도 온전히 사랑할 수 없었고, 매일의 삶이 행복할 수 없었다. 오직 서로를 그리워하며 시간만 흐를 뿐이었다.

하지만 어긋난 사랑이 다시 온전히 될 수도 없었다. 그러한 노력이 그들의 삶을 더욱 힘들고 아프게 할 뿐이었다. 결국 캐시는 세상을 떠났고, 히스클리프는 캐시가 없는 세상에서 그녀를 그리워하며 살아갈 수밖에 없었다.

어쩌면 우리의 인생은 영원히 바람이 끊이지 않는 폭풍의 언덕일지 모른다. 하지만 그 언덕에서 히스클리프와 캐시는 함께 사랑을 키울 수 있었다.

39. 오만과 편견

  18세기 영국의 시골에 사는 베넷가는 중산층이라고 하기엔 가난한 형편이었다. 딸 다섯을 키우는 아버지는 자상했고, 어머니는 조금 극성맞았다. 다섯 명의 딸을 시집보내는 것이 이제 집안의 가장 큰 걱정거리였다. 어떻게든 돈 많고 명예 있는 집안으로 딸을 결혼시키려는 어머니는 딸들을 사교계에 소개하려 안간힘을 쓴다.

  어머니는 딸 다섯을 데리고 무도회에 가고 여기서 엘리자베스는 귀족인 다아시(매튜 맥퍼딘)을 만나게 된다. 엘리자베스의 눈에 비친 다아시는 영 자신의 스타일에 맞지 않았다. 무도회에서 춤도 추지 않고 표정도 차갑고 말도 거의 없었다. 게다가 너무 오만하여 상대하기도 싫을 정도였다. 하지만 왠지 그에게 묘한 느낌이 오는 것 또한 부인할 수 없었다. 무도회에서 언니였던 제인(로잘먼드 파이크)도 빙리와 춤을 추게 되고, 둘은 서로 호감을 느낀다.

  무도회에서 돌아온 후 얼마 지나지 않아 제인에게 빙리로부터 편지가 온다. 베넷씨 가족은 호들갑을 떨며 희망에 부풀게 된다. 마침 이 지역을 이동하던 군대가 마을에 들어오게 되는 데 엘리자베스는 위컴이라는 젊은 장교를 만나게 된다. 위컴으로부터 다아시에 대한 이야기를 듣게 되는데 위컴은 다아시가 자신의 앞날을 망쳐놓아 할 수 없이 군인이 되었다는 말을 한다. 이로 인해 엘리자베스는 다아시에 대한 편견이 더욱 심해질 수밖에 없었다.

언니인 제인과 결혼하기로 했던 빙리가 어느 날 갑자기 마을을 떠나게 되는 사건이 일어나는데, 이는 다아시가 빙리는 베넷가와 어울리지 않는다고 하여 방해를 했다는 소문이 들린다. 엘리자베스는 다아시의 오만함에 치를 떨고 더 이상 그에 대한 마음을 지우려 노력한다.

그러던 어느 날, 다아시는 엘리자베스에게 찾아와 그녀를 좋아하고 있다고 말한다. 자신의 오만했던 태도를 사과하는 마음에 엘리자베스는 그의 진심을 느끼게 된다. 나중에 알고 보니 위컴의 말은 모두 거짓이었고, 엘리자베스 또한 진실을 제대로 알지도 못한 채 다아시에 대해 많은 편견이 있었음을 인정하고 서로의 마음을 확인하게 된다.

다아시의 오만함과 엘리자베스의 편견은 그들에게 있어서 가장 소중한 것을 잃어버리게 만들 수도 있었다. 다아시는 자신의 오만함을 몰랐고, 엘리자베스 또한 자신의 편견에서 벗어나지 못했다. 다행히도 그들은 시간이 지나 그러한 오만과 편견에서 나올 수 있었기에 소중한 사랑을 시작할 수 있었다.

오만과 편견에서 벗어나야 진정한 사랑이 가능한 것이 아닐까? 사랑은 단순한 단계에 머물지 않고 보다 높은 단계에 이르러야 온전히 가능한 것일지도 모른다.

40. 라스트 모히칸

어릴 적 읽었던 책 가운데 가장 인상 깊었던 것 중의 하나가 제임스 쿠퍼의 〈모히칸족의 최후〉였다. 자신들이 살던 고향을 백인들에게 짓밟힌 후 힘들게 살아가는 그들의 고통이 어린 나에게도 오롯이 다가왔었다.

영화 〈라스트 모히칸〉은 모히칸족의 사랑과 아픔을 그려내 영화를 보는 동안 어릴 때 읽었던 책의 느낌이 그대로 다가왔다. 모히칸족의 후손인 나다니엘(다이엘 데이 루이스)은 부모를 잃고 모히칸족 추장의 아들인 웅카스와 같이 양육된다. 시대는 1757년으로 아메리카대륙은 영국과 프랑스 간의 전쟁 중이었다. 치열하게 대립하는 두 나라 사이에서 모히칸족은 그 어느 나라에도 소속되기를 거부한다. 영국군은 모히칸족의 강제 징집을 명령하지만, 그들은 이를 거부한다. 전쟁을 할 이유가 없었기 때문이다.

어느날 우연히 나다니엘은 영국군 사령관 딸인 코라(매들린스 토우)와 일행들을 구하게 되면서 그녀와 사랑에 빠지게 된다. 이로 인해 나다니엘은 자신의 연인과 모히칸족을 위해 전쟁에 참여하게 된다. 웅카스 또한 코라의 동생인 조디를 사랑하게 되면서 그도 나다니엘과 함께 전쟁에 함께 한다.

어느 날 행군을 하던 과정에 프랑스군에 의해 코라와 그녀의 여동생은 납치가 되고, 나다니엘과 웅카스는 사랑하는 그녀들을 찾기 위해 목숨을 건 길을 나선다. 안타깝게도 웅카스는 그 과정에서 목숨을 잃고, 웅카스가 죽는 것을 눈앞에서 본 조디는 절벽에 몸을 던져 스스로 목숨을 끊는다. 친아들의 죽음을 목격한 모히칸족의 추장은 분노의 칼을 들어 프랑스군의 앞잡이였던 인디언을 무참히 죽여 버린다.

내가 가장 감명 깊게 봤던 순간이 바로 이 장면이었다. 자식의 죽음을 눈앞에서 본 모히칸족 추장의 그 분노가 어떠한 것인지 절실히 알 수 있었다. 자신에게 가장 소중한 것을 앗아가 버린 그를 아마 결코 용서하지 못했을 것이다. 악을 철저히 복수하는 모히칸족의 모습에서 삶의 진심을 느낄 수 있었다. 만약 나에게 있어 가장 소중한 것을 앗아간 존재가 있다면 나는 어떤 선택을 할까? 아마 나 또한 모히칸족의 추장과 같은 선택을 하지 않았을까 싶다. 우리는 살아가면서 가장 마음 깊은 곳에 자리 잡고 있는 그 누군가가 있다. 최소한 그 사람이 아무런 어려움 없이 살아가는 것이 진정한 소망이 아닐까 싶다.

그 소중한 존재를 잃었을 때 삶의 기반마저 무너지는 듯한 느낌이 들것이다. 어떻게 하든 그 소중한 존재는 내가 지켜야 하는 것이 나의 존재의 의의가 아닐까 싶다.

THE LAST
OF THE
MOHICANS

41. 카멜롯의 전설

　카멜롯의 아서왕(숀 코너리)은 자신의 생애를 바쳐 평생의 꿈이었던 평화의 나라 카멜롯을 건설한다. 그는 자신의 목표를 완성한 후 왕비를 얻고자 했다. 아서왕은 레오네스의 영주인 기네비어(줄리아 오몬드)를 사랑하여 그녀와 결혼하고자 한다. 이즈음 아서왕의 기사 중 한 명이었던 말래건트(벤 크로스)는 자신의 욕망을 위해 아서왕을 배신하고 스스로 카멜롯의 왕이 되고자 한다.

　기네비어 또한 아서왕과의 결혼을 허락하고 카멜롯을 향해 길을 나선다. 카멜롯으로 가는 도중 말래건트의 습격으로 인해 기네비어는 위험에 처하고 우연히 이를 목격한 란셀롯(리차드 기어)은 그녀의 목숨을 구해준다. 기네비어는 자신의 생명을 구해준 란셀롯에 대해 또 다른 연정을 품게 되고, 란셀롯 또한 기네비어를 보고 사랑에 빠진다.

　우여곡절 끝에 카멜롯에 도착한 기네비어는 아서왕과의 혼인을 준비하면서도 란셀롯에 대한 마음으로 갈등을 한다. 아서왕과 기네비어의 결혼식을 앞두고 말래건트는 기네비어를 납치하고, 이에 란셀롯은 목숨을 걸고 말래건트가 있는 성으로 침투하여 혼자의 힘으로 기네비어를 구출해 온다.

아서왕은 기네비어와 란셀롯의 사랑을 눈치채지 못한 채 란셀롯의 공로에 감사하여 그에게 기사 작위를 수여하면서 자신의 왕국에서 함께 일하자고 제안한다. 기네비어는 란셀롯에게 자신은 이미 아서왕과 혼인하기로 하였으니 기사 작위를 받지 말고 카멜롯을 떠나달라고 하나, 란셀롯은 이를 거절하고 기네비어의 곁에 있으려 고집한다.

아서왕과 기네비어의 결혼이 끝난 후, 말래건트가 카멜롯을 침공하는 데 아서왕과 기사들 그리고 란셀롯은 말래건트와의 전쟁에서 승리를 하게 된다. 이때 아서왕의 위대함을 알아 본 란셀롯은 더 이상 기네비어에 대한 욕심을 버리고 떠나기로 마음먹는다.

하지만 란셀롯이 기네비어에게 마지막 인사를 하러 갔을 때 기네비어는 이제 더 이상 란셀롯을 못 볼것이라는 생각에 그에 대한 뜨거운 마음이 요동치고, 란셀롯 또한 그녀에 대한 애정을 숨길 수 없었다. 아서왕이 기네비어의 방으로 들어오다 이 모습을 보고 나서 커다란 충격을 받는다. 자신은 기네비어를 위해 모든 것을 바쳤고, 란셀롯에게 가장 명예로운 기사 작위까지 수여하였으나 그 둘은 자신의 그러한 마음을 완전히 배신한 것이었다.

기네비어와 란셀롯의 불륜과 배신이 카멜롯의 정신을 훼손한다는 판단하에 그들에 대한 공개 재판을 하던 중에 맬리건트는 계획적 공격을 하게 되고 이때 아서왕은 치명상을 입고 만다. 이를 눈앞에서 본 기네비어와 란셀롯은 말할 수 없는 충격과 죄책감에 빠지게 된다. 하지만 아서왕은 유언으로 란셀롯에게 기네비어를 부탁하고 숨을 거둔다.

기네비어는 어떻게 두 명의 남자에 대한 마음을 가질 수 있었던 것일까? 왜 그녀는 자신의 마음에 대해 솔직하지 못했던 것일까? 란셀롯은 기네비어에 대한 마음으로 카멜롯에 왔으면서도 왜 아서왕의 은혜를 받기만 했던 것일까?

기네비어와 란셀롯은 자신을 위해 많은 것을 희생한 아서왕에게 솔직하지 못했다. 그로 인해 아서라는 카멜롯의 전설이었던 위대한 왕을 잃을 수밖에 없었다. 자신에게 솔직한 것이 그리 힘들었던 것일까? 기네비어를 위해 그리고 란셀롯을 위해 아니 카멜롯에 사는 모든 백성들을 위해 평생을 바친 아서왕의 삶은 누가 대신해 줄 수 있는 것일까?

42. 서편제

　영화 서편제는 오래되었지만 지금도 그 영화의 OST를 가끔 듣는다. 군대를 갔다 와서 대학 다닐 때 당시 과외하던 고등학교 남자애들 2명을 데리고 주말에 단성사에 가서 같이 보았던 것이 아직도 기억에 남는다. 영화가 마음에 와 닿아 아직도 그 날이 잊혀지지 않는가 보다.

　서편제 영화는 뮤지컬로도 만들어졌다. 그 뮤지컬에 〈살다 보면 살아진다〉라는 곡이 있다. 왠지 그 곡은 예전에 서편제를 보았던 아련한 추억과 함께 내 맘에 들어와 버렸다.

혼자라 슬퍼하진 않아
돌아가신 엄마 말하길
그저 살다 보면 살아진다

그 말 무슨 뜻인진 몰라도
기분이 좋아지는 주문 같아
너도 해봐 눈을 감고 중얼거려

그저 살다 보면 살아진다
그저 살다 보면 살아진다

눈을 감고 바람을 느껴봐
엄마가 쓰다듬던 손길이야
멀리 보고 소리를 질러봐
아픈 내 마음 멀리 날아가네

소리는 함께 놀던 놀이
돌아가신 엄마 소리는
너도 해봐
눈을 감고 소릴 질러

그저 살다 보면 살아진다
그저 살다 보면 살아진다

눈을 감고 바람을 느껴봐
엄마가 쓰다듬던 손길이야

멀리 보고 소리를 질러봐
아픈 내 마음 멀리 날아가네

운명에 인생을 맡기는 것은 어쩌면 슬픈 것일지 모른다. 하지만 그럴수 밖에 없을 만큼 아팠던 사람은 그것이 최선이 아니지만 다른 선택지가 없다는 것을 뼈저리게 알고도 남는다. 원했던 것을 얻지 못해도, 진심으로 피하고 싶었던 일이 다가오더라도 실망할 필요가 없다. 살다 보면 다 지나가고 살려고 하지 않아도 살아지게 된다.

이 세상엔 완벽한 사람도 없고 완벽한 인생도 없다. 더 중요한 것은 지금 내가 가지고 있는 것이라도 소중히 여겨야 하는 것이 아닐가 싶다. 내가 할 수 없는 것, 가질 수 없는 것을 아무리 원한다 해도 나에게 올리는 없다. 떠나보낼 건 떠나보내고, 정리할 건 정리하면 된다. 더 좋은 것이 기다리고 있을지, 아니면 더 나쁜 것이 기다리고 있을지는 모른다. 하지만 지나간 것도, 다가올 것도 생각할 필요가 없다. 내가 있는 이 자리에서 그냥 내가 할 일을 하며 지금 내 주위의 있는 사람과 따뜻하게 살면 그것으로 충분하다.

이제는 나도 살아가기보다는 살아져가는 것을 선택하고 있는 듯 하다. 그런데 이상하게도 그렇게 하는 것이 오히려 마음이 편하고, 삶의 평화로움을 느끼는 것은 무슨 이유일까? 내가 약자여서 그런 것일까? 내가 할 수 있는 것이 거의 없어서일까?

적극적인 삶을 사는 분은 이러한 삶을 비판할지 모른다. 하지만 나는 이제 적극적인 삶을 살만한 여유가 없다. 그냥 살아지는 대로 살 수 밖에 없는 그런 나의 모습에 오히려 만족한다. 나에게는 이제 할 수 있는 것이 별로 없을 것이다. 그래도 괜찮다. 살아있음만으로도 감사하기 때문이다.

43. 악마를 보았다

　최민식씨와 이병헌씨가 주연한 "악마를 보았다"는 사람이 어떻게 악마의 모습을 가지게 되는지를 여실히 보여준 영화가 아니었나 싶다. 영화의 마지막 장면에서 이병헌씨가 최민식을 죽이고 나오는 장면은 악을 갚기 위해 악과 맞서다가 주인공마저 악마가 되어 버린게 아닌가 싶은 생각도 들었다.

　프리드리히 니체의 〈선악을 넘어서〉에는 "괴물과 싸우는 자는 스스로 괴물이 되지 않도록 주의하라. 그대가 오래도록 심연을 들여다볼 때, 심연 또한 그대를 들여다볼 것이다."

　이 말은 악과 상대하다 자신도 악의 화신이 되어 갈 수도 있다는 것을 경고하는 것인지도 모른다. 니체는 같은 책에서 "광기는 개인에게는 드문 일이다. 하지만 단체, 당파, 민족, 시대에 있어서는 일반적인 일이다."

　가끔 수업시간에 학생들한테 이런 질문을 한다. 만약 미래의 시대에 생물복제가 더욱 발전하여 인간복제까지 가능한 세상이 온다고 가정해 보자. 다른 사람을 위해 많은 좋은 일을 한 사람 테레사 수녀님이나 시바이쩌 박사님 같은 분을 복제할 수 있겠지만, 인류에 악을 행한 사람 히틀러나 스탈린 같은 사람이 복제가 된다면 어떻게 될까? 세계 제2차대전을 일으켜 수천만명이 사망하고, 아무 죄도 없는 유태인 600만명을 학살했는데 그런 히틀러 같은 사람이 수백명이 복제 된다면 세상이 어떻게 될까?

학생들은 그 질문에 생각을 해 본적도 없어서 그런지 모르지만 답을 하는 학생은 거의 드물다. 인간은 인간일 뿐이다. 인간이 인간의 영역이 어디인지를 객관적으로 모르는 순간 바로 악의 영역으로 들어갈 수가 있다.

집합은 그래서 무섭다. 집합내의 부분 요소들이 어떤 조합을 할지 그 누구도 모르기 때문이다. 나비효과처럼 집합내에 어떠한 조그만 요인이 전체를 광기로 만들어 버릴 수 있다. 왜 수많은 독일 사람들이 히틀러에게 충성을 맹세했을까? 스스로 악마가 되기 위해 그 길을 자진해서 나섰다. 악마가 되기 위해 스스로 괴물이 되기 위해 자진해 나섰던 것이다.

니체의 〈선악을 넘어서〉의 책 제목만이라고 곰곰이 생각해 본다면 우리는 악에 대한 일말의 힌트를 얻을 지도 모른다. 그의 같은 책에서 다음과 같이 말한다.

"사랑에서 행해진 것은 언제나 선악 너머에서 일어난다."

그는 선악의 저 너머를 보았다. 선악 자체로서는 거기에 머무를 수 밖에 없다. 선악을 초월하여 살아가야 한다.

버트란트 러셀의 〈행복의 정복〉에는 이런 구절이 있다.

"행복한 사람은 객관적으로 사는 사람이자 자유로운 사랑과 폭넓은 관심을 가진 사람이며 이러한 사랑과 관심을 통해, 그리고 다음에는 그의 사랑과 관심이 다른 많은 사람들의 관심과 애정의 대상이 된다는 사실을 통해 자신의 행복을 확보하는 사람이다. 사랑을 받는 사람이 된다는 것은 행복의 유력한 원인이지만 사랑을 요구하는 사람이 사랑을 받는 것은 아니다. 폭넓게 말한다면 사랑을 받는 사람은 사랑을 주는 사람이다. 그러나 이자를 받기 위해 돈을 빌려주듯이 계산을 한 끝에 사랑을 주려고 하는 것은 무익하다. 계산된 사랑은 진정한 사랑이 아니며 사랑을 받는 사람도 진정한 사랑이라고 느끼지 않기 때문이다."

사랑은 요구하는 것이 아니다. 계산을 하는 순간 그건 사랑이 아니다. 계산을 넘어서야 온전한 사랑이 있다. 선악을 넘어서야 진정한 선을 이룰수 있듯, 계산을 넘어서야 진정한 사랑도 가능할지 모른다.

러셀은 객관적인 안목의 중요성을 강조했다. 그 안목을 잃는 순간 스스로 괴물이 되어가고 있는 것도 판단을 하지 못한다. 나 스스로도 항상 객관적인 안목을 잃지 않도록 깨어 생활해야 한다는 생각이 든다. 보다 많은 사람이 객관적인 안목을 가지고 깨어 있는 사회, 그 사회는 선악의 저편을 볼 수 있을지도 모른다.

44. 만신

우리나라 중요 무형 문화재 제82-나호는 고 김금화였다. 황해도 연백에서 태어나 17세에 내림굿을 받고 강신무(降神巫)가 되었다. 강신무란 부모로부터 물려받는 세습무가 아닌 무병을 앓고 된 무당을 말한다. 강신무는 신이 몸에 실려서 직접 신어를 말하고, 세습무는 신을 대신해서 신의 말을 전달하는 차이가 있다. 강신무는 엑스터시(Ecstasy) 샤먼(Shaman)이다.

김금화는 사망하기 전까지 우리나라의 가장 대표적인 나라만신이었다. 만신이란 만 가지 신을 섬기는 사람이라는 뜻이다. 그녀에 대한 다큐멘터리 영화가 2014년 만들어졌는데 제목이 "만신"이었다. 김새론이 어린 시절, 류현경이 청년 시절, 문소리가 중년의 김금화를 연기했다.

그녀는 무당이 되기 전 10세 때 이미 친구들과 놀 때 낫을 맨발로 타며 춤을 추었다고 한다. 어린 시절 그녀는 정신대에 끌려가기 싫어 14세 때 결혼을 한다. 시어머니의 구박과 구타를 이기지 못하고 2년 만에 시댁에서 도망쳐 나온 후 이혼한다. 그리고 17살이 되던 해, 어느 날 갑자기 달맞이를 하다가 신이 내렸다. 무당이었던 그녀의 외할머니는 그녀가 무당이 되는 것을 극구 반대

했지만, 결국 그녀에게 내림굿을 해준다. 무당으로 살던 25살 때 두 번째 결혼을 하지만 11년 만에 다시 이혼을 한다. 그녀는 신의 품에서만 살아야 할 운명이었는지 모른다.

6.25 후부터 1960년대 후반까지 그녀는 무당으로서 갖은 고생과 가난 속에서 설움을 겪으며 파란만장하게 살아왔다. 1970년대 들어와서 그녀의 이름은 전국적으로 알려지기 시작했다. 서해안 배연신굿과 대동굿의 기능 보유자였던 그녀는 백두산 천지에서의 대동굿, 베를린에서 윤이상 진혼굿, 사도세자 진혼굿, 백남준 추모굿, 한미 수교 100주년 기념굿으로 우리나라 가장 대표적인 무녀로 자리 잡는다. 심지어 이탈리아 로마에 가서 교황 진혼굿까지 했다. 1985년 우리나라 중요무형문화재 배연신굿 및 대동굿 예능 보유자로 지정되었다.

김금화가 굿을 하면서 작두를 타는 것을 보면 실로 믿기지 않을 정도이다. 마술하는 것 같기도 하고, 서커스 같기도 하고, 사기를 치는 것 같기도 하지만 그녀는 실제로 날이 시퍼렇게 선 커다란 작두 위에 올라가고, 심지어 그 위에서 춤도 춘다. 단순히 작두 위에서만 노는 것이 아니라 여러 가지 형태의 작두를 탄다.

어떻게 이런 일이 가능한 것일까? 무당이 타는 작두는 분명 날이 서 있어서 사과도 깎을 수 있고, 헝겊 같은 것도 그냥 잘린다. 작두 탄다는 것은 단순히 작두 위에 그냥 서 있는 것이 아니다. 우리가 땅바닥에서 뛰어놀 듯, 그들은 작두 위에서 춤추고 노는 것이다. 물론 작두 위에서 서 있기만 하는 무당도 있다. 그는 새끼 무당이다. 작두도 여러 가지로 가장 일반적인 작두가 40cm 정도 되는 쌍 작두이고, 어떤 것은 1m가 넘는 기다란 작두를 연이어 늘어놓고 3m 이상을 걸어 다닌다. 12단 작두도 있는데, 이것은 작두 12개를 계단식으로 놓고 한 계단씩 올라가면서 작두를 타는 것이다. 24단 작두는 12단 작두를 타고 올라가서 12단 작두를 타며 내려오는 것이다. 심지어 작두 두 개를 쌍으로 해서 그네를 만들어 작두 그네를 타기도 한다. 그네를 탈 때는 반드시 발판에 힘을 주면서 굴러야 그네가 움직일 수 있기 때문에 작두 그네를 타기 위해서는 작두날 위에 선 채로 작두에 몸무게를 실어 힘을 주지 않을 수 없다. 이런 상황에서도 불구하고 발바닥이 작두날에 나가지 않는 것이 더 신기할 정도이다. 일반인들은 도저히 가장 간단한 것도 따라 할 수 없다.

어떻게 이러한 것이 가능한 것일까? 과학적으로 설명이 될 수 있는 것일까?

SBS의 "그것이 알고 싶다" 프로그램은 287회로 무당이 어떻게 작두를 탈 수 있게 되는지를 알아보는 방송을 1993년 9월 26일 방영했다. 그 프로그램에는 고려대 물리학과 교수님이셨던 김정흠 박사님을 비롯해, 의사 등 여러 분야의 전문가들도 나와 그들의 의견을 개진했다. 하지만 그들도 그 과학적 이유를 시원하게 찾지 못했다.

무당이라고 해서 모두 작두를 타는 것은 아니다. 또한 작두를 타다가 발바닥을 베어 다치는 사고도 일어난다. 심지어 작두 타던 무당이 너무 많이 다쳐 앰뷸런스에 실려 가기도 한다. 하지만 작두를 타도 깨끗하게 하나도 다치지 않는 무당도 많다.

인간은 모든 것을 알 수는 없다. 인간의 지식과 능력에는 한계가 있다. 우리가 알 수 없는 세계도 있는 것이다. 어떻게 무당이 작두를 탈 수 있는 것인지 아직도 그 명확한 답은 모른다. 오직 무당의 말에 의하면 신이 들렸기에 가능하다는 것이다. 나는 그런 세계를 잘 알지는 못하지만, 분명한 것은 날이 시퍼렇게 선 작두 위에 올라가도 발을 베지 않는 사람이 있는 반면에 같은 작두라도 발을 베는 사람이 있다는 사실이다.

김금화 씨는 다음과 같이 말했다. "무속인은 욕심이나 목표를 정하면 안 돼요. 아프지 않으면 한편으로 감사하고, 감사한 마음으로 무조건 그저 굴복해야 하지요."

무당이 작두 위에서 춤을 추는 이유는 바로 그러한 것 때문에 가능한 것일까?

45. 흐르는 강물처럼

영화 "흐르는 강물처럼(A river runs through it)"은 노먼 맥클린의 소설을 영화화한 작품이다. 맥클린은 시카고 대학 영문학 교수로 자신의 체험을 직접 소설로 써서 많은 출판사에 제출했으나 받아주는 곳이 하나도 없었다. 결국 그가 몸 담고 있었던 시카고대학 출판부를 통해 책을 내게 되었는데, 출판 되자마자 바로 베스트셀러가 되었고 퓰리처상 후보작으로 선정되었다.

영화에서 목사인 아버지에게는 큰 아들인 노먼과 둘째 아들 폴이 있었다. 큰 아들은 책임감이 강하고 순응하는 성격인 반면, 작은 아들인 폴은 자유분방하며 도전적이고 반항의 기질이 다분했다. 아버지가 가르쳐준 방식이 아닌 자신의 방법으로 낚시를 하는 모습이 이를 단적으로 보여준다. 폴은 자신의 성향대로 파격과 일탈을 삼으며 살아간다. 인디언 처녀를 사랑하고 도박에도 빠지게 되어 결국 감옥에 갇히게 된다.

형 노먼이 감옥에 있는 폴에게 찾아와 도움을 주려 하지만 폴은 이를 거부한다. 감옥에서 나온 폴은 길거리에서 시비가 붙어 결국 죽고 만다. 폴의 장례식을 치른 후 아버지는 말한다.

"It is true we can seldom help those closest to us. Either

we don't konw what part of ourselves to give or, more often than not, the part we have to give is not wanted. And so it is those we live with and should know, who elude us but we can still love them. We can love completely without complete understanding."

아무리 가까운 가족이라 할지라도 완벽히 서로를 이해할 수는 없다. 나름대로의 가치관과 사고 방식이 다르기에 어떤 도움이 필요한지, 언제 도움을 줘야할지 잘 모르는 경우가 많다. 무조건 도와 준다고 해도 그것이 본인이 원하는 진정한 도움이 아닐수도 있다.

하지만 사랑만큼만은 변함이 없다. 상황에 따라 변하는 것은 진정한 사랑이 아니다. 이해는 하지 못하고 모든 것을 도와주지는 못해도 온전히 사랑할 수는 있다. 진정한 사랑은 조건이 필요없기 때문이다. 그러한 사랑이 우리를 버티게 하는 것인지도 모른다.

46. 엘비라 마디간

영화 〈엘비라 마디간〉에서 주인공 엘비라와 식스틴은 그들이 가지고 있는 모든 것을 포기하고 함께 도주한다. 그들이 이미 이루어 놓은 것도 다 포기한 채 오직 둘의 사랑만을 위해 나머지 생을 살아가기로 한 것이다. 요즘엔 이런 순애보적인 사랑은 드문 것 같다. 조건이나 환경, 자신의 이익을 더 중요하게 생각하는 경향이 더 크다는 생각이 든다. 상대방을 진정으로 좋아한다면 자신의 생각이나 판단보다는 상대방을 더 생각하고, 자신의 이익도 과감히 포기하지만, 요즘엔 그 반대인 것 같다. 자신에게 도움이 되지 않는다면 오히려 사랑을 포기하는 경향도 많은 것 같다.

이 영화에서 쓰였던 모차르트의 음악 〈피아노 협주곡 21번〉은 이 영화와 정말 너무 잘 어울린다는 생각이 든다. 엘비라와 식스틴의 순수한 사랑을 대변해 주는 듯한 맑은 멜로디와 물 흐르는 듯한 음악의 이어짐은 두 사람의 진정한 사랑을 여지없이 표현해 주는 듯한 느낌이다.

이 음악처럼 두 사람의 사랑도 완벽하게 이루어졌으면 얼마나 좋았을까? 하지만 두 사람의 운명은 비극적인 죽음으로 끝나게 되고 만다.

하지만 그들은 후회하지는 않았을 것이다. 그러한 결말을 예상했을지도 모르고, 그 예상에도 불구하고 두려움 없이 그들이 가야 할 운명의 길을 스스로 선택한 것이 아닌가 싶다. 비록 죽음에 이르기는 했지만, 그들은 자신이 선택할 수 있는 최선의 길을 선택해서 간 것이라고 믿고 싶다. 비극적인 결말이지만, 엘비라와 식스틴에게는 결코 비극이 아니었을 것이다. 행복하게 자신의 소원을 이루었으니 더 이상 바라는 것도 없지 않았을까 싶다. 가장 행복한 죽음을 선택했는지도 모른다.

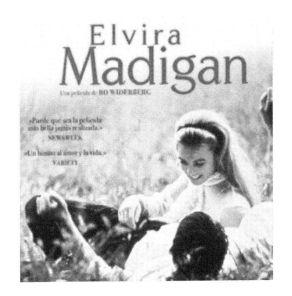

47. 파이 이야기

　〈파이 이야기〉는 맨 부커상을 받은 얀 마텔의 동명소설을 영화화한 작품이다. 파이는 주인공 인도인 남자의 이름이다. 영화를 보면서 파이에게 왜 그러한 일들이 일어났는지 계속 생각하게 된다.

　영화에서 파이는 그가 가지고 있던 모든 것을 잃는다. 그의 가족은 인도에서 캐나다로 이민을 가게 되는데, 그런 과정에서 파이는 사랑하는 여인과 헤어진다. 그리고 이민을 위해서 커다란 배를 타고 가던 중 바다 한 복판에서 폭풍우를 만나 아버지, 어머니, 형 모두가 죽게 되고, 파이만 홀로 구명보트에 남아 간신히 살아남게 된다.

　그런데 그 보트에는 커다란 배에 실려 있던 얼룩말, 오랑우탄, 하이에나도 같이 남겨지는데, 하이에나가 얼룩말과 오랑우탄를 죽게 만들고 주인공인 파이마저 공격하려고 할 때 갑자기 호랑이가 나타나 하이에나를 죽여 버린다. 호랑이는 수영을 할 수 있으니 보트 밑에서 따라 왔던 것이다.

　결국 그 조그만 보트에는 파이와 이름이 "리차드 파커"인 호랑이만 남게 된다. 파이는 그 드넓은 바다 한 가운데에서 조그만 보트에 지구상에서 가장 사나운 맹수인 벵갈 호랑이하고만 있게 되는 것이다. 파이는 호랑이인 리차드 파커에게 당하지 않기 위해 하루 24시간 긴장 속에서 살아갈 수밖에 없었다. 그런데 생각해 보면 파이가 만약 보트에서 혼자였다면 그가 생존할 수 없었을지도 모른다.

영화에서 보면 파이는 가장 오래도록 바다의 조난에서 구조되지 못한 사람중의 한 명으로 나온다. 파이가 그 오랜 기간동안 살아남을 수 있었던 것은 호랑이와 함께 있으면서 계속 긴장을 했기에 가능하지 않았나 싶다.

파이는 그에게 가장 소중했던 모든 것을 잃고 바다 한복판에 홀로 남겨져 있었는데, 만약 호랑이가 없었다면 그는 커다란 절망 속에서 그 오랜 시간을 버티지 못하고 스스로 무너졌을지도 모른다. 파이와 호랑이는 오랜 조난 끝에 결국 멕시코에 도착해서 생명을 구할 수 있었다.

파이에게는 왜 그런 역경들이 있었던 걸까? 이유는 알 수 없지만 아마 운명이 아니었나 싶다. 하지만 아무리 험한 운명도 긴장을 늦추지 않고 자기 자신을 지키려 노력한다면 그러한 모든 어려움을 이겨낼 수 있다는 것을 파이는 말해준다.

48. 미션

    영화 〈미션〉에 보면 가브리엘 신부(제레미 아이언스)가 남미의 이구아스 폭포 근처에 사는 과라니족과 처음 마주쳤을 때 자신의 오보에를 꺼내 연주를 하게 된다. 외지인을 극도로 경계하는 원주민들이 가브리엘 신부 곁으로 무기를 들고 다가오지만 오보에의 연주에 원주민들은 가브리엘 신부에 대한 적대감을 내려놓고 그를 자신들의 마을로 데려간다.

    가브리엘 신부와 원주민 간에 서로의 마음을 이어지게 만든 것은 바로 음악이었다. 말도 통하지 않고 그동안 살아왔던 서로의 문화와 관습, 그 모든 것이 달랐지만 가브리엘 신부의 진실된 마음은 음악을 통해 원주민들에게 전달이 되었고, 원주민들도 그 음악으로 인해 그들의 마음의 문을 열게 되었다.

    그 후 가브리엘 신부는 원주민들을 위해 자신이 할 수 있는 모든 것을 다했고, 원주민들 또한 가브리엘 신부를 전적으로 믿고 따랐다. 그리고 그들은 죽음까지 운명을 같이 했다. 마음과 마음이 이어진다는 것은 바로 이러한 것을 말하는 것이 아닐까 싶다. 끝까지 서로를 믿고 의지하며 모든 것을 함께 하는 것이 진정한 사랑의 마음인 것 같다.

미션에서 사용된 〈가브리엘의 오보에〉는 지난 세기 최고의 영화음악가라 할 수 있는 엔리코 모리오네가 작곡한 것이다. 후에 가수 사라 브라이트만이 이 영화음악을 듣고 너무 감동을 받아 엔리코 모리오네에게 직접 부탁하여 가사를 붙인 노래를 불렀는데 그것이 〈넬라판타지아〉이다.

〈Nella Fantasia〉

Nella fantasia io vedo un mondo giusto,

Li tutti vivono in pace e in onesta.

Io sogno d'anime che sono sempre libere,

Come le nuvole che volano,

Pien' d'umanita in fondo all'anima.

Nella fantasia io vedo un mondo chiaro,

Li anche la notte e meno oscura.

Io sogno d'anime che sono sempre libere,

Come le nuvole che volano.

Nella fantasia esiste un vento caldo,

Che soffia sulle citta, come amico.

Io sogno d'anime che sono sempre libere,

Come le nuvole che volano,

Pien' d'umanita in fondo all'anima.

환상 속에서 정의로운 세상을 봅니다
그곳에선 모두가 평화롭고 정직하게 살아갑니다
항상 자유로운 영혼을 꿈꿉니다
날아가는 구름처럼
영혼의 밑바닥에 인간다움이 가득합니다
환상 속에서 맑은 세상을 봅니다
밤도 덜 어둡고
항상 자유로운 영혼을 꿈꿉니다
날아가는 구름처럼
환상 속에 따뜻한 바람이
친구로서 도리에 불고
항상 자유로운 영혼을 꿈꿉니다
날아가는 구름처럼
영혼의 밑바닥에는 인간다움이 가득합니다.

　서로의 마음을 연결해 주는 것, 그것은 자신보다 상대를 먼저 생각하여 그들을 위해 진심을 다하고 자신의 모든 것을 줄 수 있어야 하는 것이 아닐까 싶다. 상대보다 나 자신을 먼저 생각한다면 이는 서로의 마음이 단단한 끈으로 연결되기는 어려울 것이다.

　영화가 끝나고 마지막에 추기경은 다음과 같이 말한다.

"사제들은 죽고, 저만 살아 남았습니다. 하지만 실제로 죽은 건

저이고, 산 자는 그분들입니다. 그것은 언제나 그렇듯, 죽은 자의 정신은 산 자의 기억 속에 남아 있기 때문입니다."

49. 대부 3

피에트로 마스카니는 1888년 밀라노의 음악 출판업자가 개최한 오페라 경연대회에 자신의 단막 오페라를 출품해서 우승하며 유명해진다. 이것이 바로 '카발레리아 루스티카나'이다.

이 오페라는 이탈리아의 시칠리아를 배경으로 하는데 '카발레리아 루스티카나'는 시골 기사라는 뜻이다. 시칠리아의 시골 청년이었던 투리두는 군을 제대하고 자신의 고향인 시칠리아로 돌아온다. 약혼녀였던 롤라가 알피오와 결혼했다는 것을 알고 순진한 시골 처녀 산투차를 유혹한다. 롤라를 질투에 빠지게 하기 위해서였다. 롤라는 이에 다시 옛 애인이었던 투리두에게 접근하고 이를 알게 된 남편 알피오는 투리두에게 결투를 신청한다. 산투차와 어머니의 만류에도 불구하고 투리두는 알피오와의 결투에서 목숨을 잃게 된다. 시골 기사의 복수는 그렇게 허망하게 죽음으로 끝나버렸다.

영화 〈대부3〉의 배경이 바로 시칠리아다. 주인공 마이클(알 파치노)는 커다란 성공을 거둔 후 자신의 사업을 합법화하려고 노력한다. 자신의 자식들에게는 깨끗한 가업을 물려주고 싶었고, 자신이 걸었던 길을 걷게 하고 싶지 않았다.

마이클의 아들인 앤서니는 성악을 전공하여 테너 가수가 된다. 그 후 시칠리아에 돌아와 오페라 하우스에서 '카발레리아 루스티카나'의 주인공 투리두로 출연하게 된다. 마이클의 딸인 메리는 아버지의 뜻대로 아름다운 처녀로 자랐고 마이클은 자신의 딸을 끔찍이도 사랑한다.

앤서니의 오페라 공연이 진행되는 날, 마이클의 온 가족은 모두 오페라 하우스에 모여 공연을 관람한다. 공연을 마치고 나오는 순간, 마이클의 조직과 파벌 싸움을 벌이던 상대 조직원이 마이클을 향해 총을 쏜다. 총알은 마이클뿐만 아니라 딸인 메리도 맞게 된다. 메리는 그 자리에서 즉사하고 이 모습을 지켜보던 마이클은 절규를 하며 오열한다. 자신이 가장 사랑하는 존재가 이 세상을 떠나게 된 것이다. 이때 흘러나오는 음악이 '카발레리아 루스티카나' 간주곡이다.

오페라의 주인공 투리두나 마이클이나 똑같은 운명의 길을 걸었음을 암시한다. 마이클 가문은 그들의 사업을 위해 많은 사람의 목숨을 빼앗았다. 이에 복수가 이어지고 그 복수에 또 다른 복수가 대대로 이어져 내려왔다. 결국 그 끝없는 복수에 자신이 가장 사랑하는 딸아이가 아무런 죄도 없이 목숨을 잃어야 했다.

증오는 증오를 낳고, 복수는 복수를 낳을 뿐이다. 폭력은 또 다른 폭력을 전쟁은 또 다른 전쟁을 부를 뿐이다. 아무리 상대의 맥을 끊어놓는 복수라 할지라도 그 끝은 다른 복수로 돌아올 뿐이다. 그러한 것을 멈추는 것은 정말 어려운 것일까? 언제까지 그러한 복수는 반복이 되어야 하는 걸까?

50. 쉬리

  쉬리는 잉어과에 속하는 물고기로 쉬리 속 쉬리 종이다. 학명으로는 Coreoleuciscus splendidus 이다. 주목해야 할 것은 학명 맨 앞의 단어이다. 즉 Coreo라는 접두어가 붙어 있다. 그 이유가 무엇일까? 흔히 Corea는 Korea와 같은 의미다. 철자만 나라에 따라 다를 뿐이다. 즉 쉬리는 우리나라인 한국이라는 단어가 학명 맨 앞에 있는 것이다. 왜 그럴까? 쉬리는 우리나라의 가장 대표적인 토종 물고기이다. 다른 나라에서는 발견되지 않는다. 전세계에서 우리나라가 유일한 서식지이다. 그러기에 학명 맨 앞에 Corea를 아예 붙여서 이름을 지은 것이다.

  쉬리는 성체가 되었을 때 길이가 10~15cm 정도 되며 등 쪽은 검은 빛깔을 나타내고 아래쪽 배는 투명한 느낌의 흰색이다. 몸이 가늘면서 상대적으로 조금 길다. 그런데 정말 특이한 것은 잉어과의 쉬리 속에 속하기는 하지만 종은 오직 하나인 쉬리 종밖에 없다. 즉 잉어과 쉬리 속 쉬리 종인데 하나의 속에 오직 종이 하나인 것은 생물의 분류에서 극히 예외에 속한다. 하나의 속에는 적어도 수십 종 많게는 수백 종이 존재하기도 하는데 하나의 속에 하나의 종만 있는 것은 진짜 보기 드문 경우이다.

왜 그럴까? 전 세계에서 우리의 나라에만 서식하고 있기 때문이다. 우리나라의 서식 환경이 비슷하기 때문에 진화 과정에서 종의 변이가 없었던 것이다. 즉 오랜 기간 동안 하나의 종만이 계속해서 유지되어 올 수 있었던 것이다. 한때 새로운 쉬리 종이 발견되었다는 보고가 있기는 했지만, 아직 학계에서는 인정하고 있지 않다. 하나의 속, 하나의 종, 이것은 하나의 혈통이 계속해서 변이 없이 그 오랜 세월을 유지한 것으로 지구상에서 정말 흔하지 않은 경우에 해당된다. 진화가 전혀 이루어지지 않은 정말 찾기 힘든 경우다. 진화란 섞이고 바뀌고 환경이 복잡해지고 살아가기 힘들고 하는 과정에서 나타나는 현상이다.

쉬리는 사실 화려한 색깔을 가지고 있지도 않고 너무 평범하게 생겨서 사람들의 눈에 잘 띄지도 않는다. 그리고 이 물고기는 굉장히 조용하게 지내는 습성을 가지고 있다. 외부에서 어떤 일이 일어나면 무조건 자신을 돌멩이나 다른 은폐시킬 수 있는 장소로 숨어 버린다. 또한 쉬리는 물이 아주 깨끗한 곳에서만 서식한다. 주로 가장 깨끗한 1급수에서 살아간다. 어떤 자료에 보면 2급수에도 산다고 하지만, 그것은 쉬리의 특성을 모르고 하는 말이다. 물론 쉬리가 2급수 정도에서 살 수는 있다. 하지만 쉬리는 그 정도의 물을 좋아하지 않는다. 자신이 서식하는 곳이 2급수 정도가 되면 당분간 그것에 머물기는 하지만 그곳을 좋아하지 않아 임시로만 있다가 1급수를 찾아 떠나간다. 물이 1급수로 유지되기 위해서는 고여 있는 것으로는 불가능하고 계속 물이 흘러가는 곳이

어야 한다. 따라서 쉬리는 물의 흐름이 빠른 곳에 서식할 뿐이다. 물이 고여 있는 저수지나 웅덩이에서는 절대로 서식하지 않는다. 물이 흐르지 않는 경우에는 절대 깨끗한 물로 존재할 수가 없기 때문이다. 저수지같이 물이 고여 있는 곳이라면 물의 자체적 화학작용에 의해 수온이 올라갈 수밖에 없다. 쉬리는 수온에 굉장히 민감하기 때문에 자신이 서식하는 곳의 온도가 조금 올라가면 그곳을 바로 떠나고, 만약 그렇지 못하면 금방 죽게 된다.

이러한 이유로 쉬리를 어항에 넣어 집에서 관상용으로 키우는 것은 정말 어렵다. 어항 속의 물을 계속해서 순환시켜 물의 흐름을 만들어 주어야 하고, 수온이 상대적으로 낮게 유지되어야 하는데 보통 정성이 아니고는 이런 상태가 오래도록 유지되는 것은 진짜 쉽지가 않다. 물론 전문적으로 물고기를 키우는 사람의 경우 냉각기를 포함한 모든 기구를 어항에 넣어 관리한다면 가능할 것이다. 1999년에 개봉되어 엄청난 흥행을 했던 영화 "쉬리"에 보면 주인공이 수족관을 운영하고 있다. 영화 제목이 쉬리이기 때문에 당연히 그 수족관 안에 쉬리가 있었을 것이라 생각할 수 있지만, 그렇지 않다. 그곳엔 쉬리가 없었다. 영화에 나오는 수족관에는 우리나라 토종 물고기 쉬리가 아닌 외국에서 들여온 열대어 종의 하나인 키싱구라미가 있었을 뿐이다. 영화를 찍는 동안 쉬리를 구해 오기도 힘들었을 것이고, 쉬리를 구해 왔어도 영화의 조명이 너무 밝아 그로 인해 주위 온도가 너무 높아 아마도 쉬리가 계속해서 죽기 때문에 키우기도 힘들었을 것이다.

쉬리는 우리나라 토종 물고기이기 때문에 전국에 걸쳐 분포하여 서식하고 있기는 하나, 많은 곳에서 발견되지는 않는다. 특정한 곳에 조그만 무리를 지어 살아갈 뿐이다. 물의 흐름이 빠르고 정말 깨끗한 그런 곳에 가야 쉬리를 볼 수 있다.

쉬리는 성격이 굉장히 온순한 물고기이다. 성격이라는 표현이 좀 그렇기는 하지만 어쨌든 다른 물고기들과 절대 다투지 않는다. 그저 조용히 자신의 삶을 살아갈 뿐이다. 다른 물고기를 만나면 피해서 도망가고 그들을 전혀 신경 쓰지 않는다. 신경을 쓰지 않으니 온순할 수밖에 없을 것이다. 스트레스가 생길 이유가 없기 때문이다. 쉬리는 그저 자신의 삶을 깨끗한 환경에서 다른 외부의 영향 없이 조용히 살아가고 싶어 한다. 이것이 바로 평범한 우리나라 토종 물고기인 쉬리의 꿈일지 모른다. 위에서 이야기한 영화의 제목은 왜 "쉬리"였을까? 나로서야 작가나 감독의 의도는 잘 모르지만 아마도 이러한 쉬리의 특징 때문이 아니었을까 싶다.

영화 "쉬리"에는 물고기만 쉬리가 아니다. 다른 쉬리가 여럿 있다. 북한 특수부대원의 작전 명령이 "쉬리"였다. 이 작전을 수행하기 위한 책임 장교가 바로 박무영(배우 최민식)이었는데 그의 꿈은 남북통일이었다. 하지만 평화적인 통일이 불가능하다고 판단하여 무력으로 통일을 이루기 위해 북한 특수부대원들을 데리고 남한으로 온다. 최종 목표는 남한의 대통령을 제거하는 것이었다. 이 영화에는 또 다른 쉬리가 존재한다. 작전명만 쉬리가 아니라 북한 특수대원끼리 명령을 주고받을 때 쓰던 아이디가 쉬리

0과 쉬리 1이었다. 이 대원은 바로 박무영(최민식)과 이명현(김윤진)이었다. 이명현은 남한에 미리 침투해 있었던 북한군 최고 여성 특수대원이자 최고의 명사수인 스나이퍼였다. 박무영은 이명현에게 남한의 대통령을 저격하라는 명령을 하달한다.

아이디가 쉬리 0 이었던 박무영의 꿈은 통일을 이루어내는 것이었다. 그의 꿈은 이루어졌을까? 마찬가지로 쉬리 1이라는 아이디를 사용했던 이명현(김윤진)은 영화 마지막에 서로 사랑했던 유중원(한석규)과 총구를 서로에게 겨눈다. 이명현은 남한 대통령을 저격해야 하는 임무였고, 유중원은 남한 대통령을 지켜야 했다. 이명현은 유중원을 향했던 총구를 스스로 돌려 남한 대통령 쪽을 향한다. 그녀가 총구를 스스로 돌린 이유는 무엇이었을까? 그 누구보다 사격에 있어서는 천재였던 그녀였는데 말이다. 아이디 쉬리 1을 사용했던 그녀의 진정한 꿈은 무엇이었을까?

영화가 마무리되고, 맨 마지막 장면에 유중원(한석규)은 이명현(김윤진)이 살았던 제주도로 혼자 내려온다. 그리고 이명현과 같이 지냈던 친구를 만나 이야기한다. 그리고 이때 음악이 나오는데 바로 Carol Kidd의 "When I dream"이다.

〈 When I dream 〉

I could build the mansion
that is higher than the trees

I could have all the gifts I want
and never ask please

I could fly to Paris
It's at my beck and call

Why do I live my life alone
with nothing at all

But when I dream, I dream of you
Maybe someday you will come true

when I dream, I dream of you
Maybe someday you will come true

I can be the singer
or the clown in any role

I can call up someone
to take me to the moon
I can put my makeup on
and drive the man insane

I can go to bed alone
and never know his name

But when I dream, I dream of you
Maybe someday you will come true

when I dream, I dream of you
Maybe someday you will come true

나무보다 높은 저택을 지을 수 있어요
원하는 선물은 다 가질 수 있고
부탁도 안 할 수 있어요
파리로 날아가서 전화할 수 있어요
왜 난 아무것도 없이 혼자 살지요?
하지만 꿈을 꿀 때, 난 당신을 꿈꿔요
언젠가는 네가 현실이 될지도 몰라요
내가 꿈을 꿀 때, 난 당신을 꿈꿔요
언젠가는 네가 현실이 될지도 몰라요
난 어떤 방에서든 가수나 광대가 될 수 있어요
달에 데려다 줄 사람을 불러올 수 있어요
화장을 하고 남자들을 미치게 할 수 있어요
혼자 자도 그 사람 이름은 몰라요

하지만 꿈을 꿀 때, 난 당신을 꿈꿔요
언젠가는 네가 현실이 될지도 몰라요
내가 꿈을 꿀 때, 난 당신을 꿈꿔요
언젠가는 네가 현실이 될지도 몰라요

　이명현은 이 노래를 좋아했다. 그녀는 자기의 꿈이 현실이 되기를 바랬다. 자면서도 그 사람을 꿈꾸며 그 꿈이 현실이 되기를 진정으로 바랬다. 쉬리라는 아이디를 쓴 그녀의 꿈은 무엇이었을까? 유중원(한석규)에 의해 사망한 그녀는 유중원의 아이를 임신하고 있었다.

영화가 말해준 것들

정 태 성 수필집 (16)   값 12,000원

초판발행   2022년 11월 1일
지 은 이   정태성
펴 낸 이   도서출판 코스모스
펴 낸 곳   도서출판 코스모스
등록번호   414-94-09586
주   소   충북 청주시 서원구 신율로 13
대표전화   043-234-7027
팩   스   050-4374-5501

ISBN 979-11-91926-02-6